《剣客少女》と
死闘の果て

The Master Swordsman who was Reincarnated, Wants to Live Freely.

3

青白い刀身が、
太陽に照らし出される。
僕は剣の柄を強く握り締め、
構える。

生まれ
《剣聖》は
楽をしたい

笹 塔五郎 Author / Sasa Togoro
あれっくす Illustrator/Alex

イリス・ラインフェル
最強の騎士を目指し、日々鍛錬に励む少女。《剣聖姫》と呼ばれるその実力はアルタも認めている。
「心身一刀――
《神斬殺し》ッ！」

「――《雷神》」
ルィノ・トムラ
《剣客衆》を一人で斬り伏せる力を持つ《剣客少女》。アルタを狙い、海辺の町《リレイ》を訪れる。

「どの水着がいいかなって、イリス結構ノリノリで選んでたよね？」
「だからそういうのは言わなくていいのよ！」

生まれ変わった《剣聖》は楽をしたい

《剣客少女》と死闘の果て

The Master Swordsman who was Reincarnated, Wants to Live Freely.

3

笹 塔五郎
Author / Sasa Togoro

あれっくす
Illustrator/Alex

The Master Swordsman
who was Reincarnated,
Wants to Live Freely.

CONTENTS

イラスト/あれっくす

プロローグ

《剣客衆》――それは、どんな相手であろうと斬り殺すと言われる殺し屋集団。

かの《剣聖》ですら、依頼であれば殺しの対象とすると言われていた。

組織に属する者は十名――そんな剣客衆には、序列がある。強さを基準としたものであり、第一位は頭目であるアディル・グラッツであった。

……だが、そんな剣客衆の頭目であるアディル・グラッツは、《ガルデア王国》にて《剣聖姫》《けんせいき》暗殺の依頼を受けて、敗死する。

それに追随する形で向かった三人の剣客衆もまた、全て敗北する結果に終わった。

それも、たった一人の《騎士》によって、殺されたというのだ。

「仇《かたき》を取る――などと言うつもりは毛頭ない。だが、剣客衆の名を地に堕《お》としたままではいられん」

男――ロウエル・クルエスターは、そんな剣客衆の一人である。

序列は第九位……敗死した剣客衆の一人であるアズマ・クライよりも上だった。

長身で屈強な身体《からだ》つき。髪は目元が隠れるほどに長く、返り血によって赤く染まっていた。

　ここに来るまでに、大型の魔物を何匹か斬り殺した。それでも疲れを一切見せる様子もなく、身の丈を超える《長剣》を手に、見据えるのは《ベルバスタ要塞》。ガルデア王国が管理する北方の拠点であり、周囲には高い金属製の壁が立ちはだかっている。

　要塞であれば当然のことだが、ロウエルはそんな壁を軽々と斬り刻み、中へと足を踏み入れた。

　この付近には凶悪な魔物も多く、訓練された騎士達《たち》がロウエルを出迎えた。

……それでもなお、彼の前では全てが無意味である。

　長剣を片手で軽々と振るう彼は、数十人と集まった騎士達をほんの一瞬で倒した。

　敗れた騎士達の前で、ポタリと長い刀身から鮮血が垂れる。

《グロアリィル》という地下鉱山から採れる鉱石は魔力の伝達が早く、ただでさえ長い刀身を魔力の刃《やいば》でさらに伸ばしたそれは、もはや剣という域を超えた攻撃範囲を誇る。

　そこから繰り出される高速の斬撃に、反応できる者などいなかったのだ。

——これは復讐《ふくしゅう》ではない。この王国の要塞を襲撃し、自らの拠点とすることで、ロウエルはその者を待つつもりであった。

　剣客衆の半分近くを葬り去った、王国の騎士を。

　そのために、一人でこの要塞を制圧する——そのつもりだったのだが、

「何か用か？　小娘」

ロウエルは後方に視線を送る。自分で斬り刻んだ要塞の壁を通ってきたのか、彼の背後には一人の少女が立っていた。

花柄模様の着物を着た、ピンクの髪の少女。腰に下げるのは一本の刀。

胸元がはだけるような着方をした少女は、にこやかな笑みを浮かべながらロウエルへと近寄ってくる。

「にひひっ、通りがかっただけなんだけど、面白そうなことしてんね？」

本来であれば、この要塞で起こった出来事は惨劇にしか映らないだろう。

だが、この状況を見て笑みを浮かべる少女はすでに異常――ロウエルは表情を変えることなく、振り向きざまに剣を振るった。

長い魔力の刀身が少女に向かって伸びる。ギィン、と周囲に金属の震える音が響いた。

「――！」

ロウエルは驚きに目を見開く。少女は腰に下げた刀を抜いて、ロウエルの一撃をまともに受け止めたのだ。

力を込めるが、やがてその状態で拮抗《きっこう》する。

「……小娘、何者だ？」

「にひっ、ようやく興味持ってくれたんだぁ？　うんうん、まずは自己紹介からしないとね。あたしの名前はルイノ・トムラ。見ての通りの《剣客少女》ってわけ！」

少女――ルイノの言葉に、ピクリとロウエルは反応する。

ロウエルは一度剣を戻すと、今度は少女に向かって振り下ろした。十数メートルにも及ぶ長い距離で地面が割れる。ルイノはすでに、その場にはいなかった。

「それくらいじゃ当たらないってー。あたしも名乗ったんだからさ、おじさんも名乗ってよ。……ま、その剣を見れば大方分かるけどさ。ロウエル・クルエスター――剣客衆の生き残りだよね」

「生き残り、か。剣客衆にそんな概念はない。欠けた四人の枠はいずれ埋まり、再び我々が最強の剣客の集団となる。小娘、俺の前に現れたということは……それが狙いか？」

「それはそれで面白そうなんだけどね。さっきも言ったでしょ。たまたま通りがかっただけ。とある人に興味があってね！　ま、そういう意味だとおじさんと一緒の目的かもねー」

「……同じ目的？」

「そ、剣客衆を一人で四人も殺したっていう騎士に興味があるの！　あなたと同じ剣客衆を、それも一人で四人も！　そんなの、興味が湧かないわけがないよね！」

「……自ら《剣客》を名乗ったかと思えば、次は同じ目的ときたか。小娘、俺は相手が女だろうと子供だろうと容赦はしない」

「にひひっ、そんなの分かってるよー。最初に一撃で殺そうとしてきたじゃん！　でも、

「丁度いいよね」

ルイノがそう言って、ロウエルに剣先を向けるようにして構える。

ロウエルには、ルイノがやろうとしていることがすぐに理解できた。彼女が口元を三日月のように歪《ゆが》めて、言い放つ。

「死合、しようよ。お互い狙いは一緒なんだし。あたし的には、あなたを殺して拍車をかけたいなって。にひっ、好きでしょ、こういうの」

「……そうか。小娘——お前には、後悔する時間も与えることはない」

ロウエルは再び剣を振るう。それに合わせるようにして、ルイノが駆け出した。

剣客衆と剣客少女——二人の剣士の戦いの決着まで、それほど時間はかからなかった。

……残る剣客衆はあと、五人。

第1章　剣客少女

《フィオルム学園》の職員室に、僕――アルタ・シュヴァイツはいた。

入口から入って右奥の方、他の講師達と同じように席をもらっている。

剣術の授業の生徒達の評価シートをまとめながら、僕は小さくため息を吐《つ》く。

「ふぅ……あと少しかな」

僕の講師としての仕事もすっかり板についてきた――それがいいか悪いかは全く別の話だが。

一応、この学園の全ての生徒の剣術を担当している身として、しっかりと評価を付けなければならない。

剣術という点において、まずはイリス・ラインフェルの右に出る者はいなかった。

さすがは《剣聖姫》と呼ばれるだけはある……僕から見ても、やはり彼女の剣術は学生のレベルではない。

次いで評価が高いのはイリスの親友であるアリア・ノートリア。剣術という枠に入れていいのか判断に迷うところではあるが、シンプルに剣を扱わせても彼女は十分に実力がある。

他にも数人、剣術という点において光るものがある生徒はちらほらいた。

いずれも将来は《王国騎士》になるつもりなのかもしれない。実力のある人間が騎士団に入ってくれたら、この国の将来も安泰だろう。

「アルタ先生、少しいいか？」

声をかけてきたのは、学年主任であるオッズ・コルスターであった。

相変わらず、魔法の授業を担当している割には筋肉質な身体に目がいってしまう。

同じ講師のことを名前で呼ぶようにしているらしく、『シュヴァイツ先生』と呼ばないのは彼ぐらいだろう。この学園の中で、僕が《騎士》であることを知っている人物の一人でもある。

だが、普段は同じ講師として接してくれていた。

「コルスター先生、どうかしました？」

「ああ、今度の課外授業の話だが、山か海かのアンケート結果を聞きたくてな」

「課外授業……確か、クラス毎《ごと》に向かう場所が違うんでしたっけ？」

「そうだ。例年だと海派の方が多いんだが、山は山で学べることが多い。山好きも毎年一定数いるからな」

僕のクラスでもこの前アンケートの結果を回収したばかりだ。

大体結果はまとめてある……僕は机から用紙を取り出して確認する。

「うちのクラスも……海、ですね」

「海かぁ。いっそのこと、全クラス海でもいいかもしれんな。ありがとうよ」

オッズはぶつぶつとアンケート結果を見て呟《つぶや》きながら、僕の下を去っていく。――課外授業は毎年、どの学年でも行われている行事の一つだ。

他にもいくつか行事はあるが、この時期だと山か海かでアンケートを取って行き先を決めているらしい。

僕のクラスのアンケート結果も他と違《たが》わず『海』が圧倒的であったのだが……イリスは『山』を選んでいたことを思い出す。

山修行……確かに彼女が好きそうな言葉ではあるが。さすがに、そのために選んだとは思いたくない。

アリアについては、普通に『海』を選んでいた。正直に言ってしまえば、生徒達にとっては遊ぶ場所を選ぶアンケートでもあるのだ。

二泊三日のスケジュールだったか……海側の方は、泊まる場所が町中《まちなか》と決まっている。僕的には、比較的静かに落ち着ける山でも全然構わないのだけれど、この調子だときっと海に決まるだろう。

僕は剣術の授業の評価をまとめ終えると、席を立って職員室を出る。

すると、そこでイリスとアリア——二人の少女が出迎えてくれた。……僕が出てくるのを待っていたのだろう。

「シュヴァイツ先生、お待ちしていました」

「あはは、出待ちとは恐れ入りました」

「イリスが待ち切れないって」

「そ、そんなこと言ってないでしょ」

少し顔を赤くして、アリアの言葉を否定するイリス。だが、アリアの言葉には信憑性《しんぴょうせい》が十分にある。僕が職員室を出た時、嬉《うれ》しそうな表情のイリスを見てしまったからだ。

……まるで飼い主を待っている犬のようだ、と表現すれば間違いなく彼女は怒るだろうから黙っておく。

二人と共に、本校舎の裏へと向かう。

放課後に修行を見るのが当たり前のようになっていて、そこが僕達にとっての修行の場となっていた。

僕は歩きながら、ふと先ほどのアンケートのことを思い出す。

「イリスさん、そういえばアンケートの話なんですが」

「アンケート？　あ、もしかして課外授業の……山ですか？」

「いえ、たぶん海になるかと思いますが」

「！　そう、ですか」

僕の話を聞いて、何故《なぜ》か意味ありげに視線を逸《そ》らすイリス。

「山に行きたい理由でもあるんですか？」

「そこに山があるから……？」

「何故疑問形なんです？　イリスさん、そんなに山が好きだったんですね」

「いえ、そういうわけではないんですけど……山の方が色々と、修行もできるじゃないですか」

まさか僕の思っていた通りの理由をそのまま言うとは思わなかった。

彼女は大貴族の一人娘のはずなのだが……どうしてそんなたくましい発言をしてしまうのだろう。そう思っていると、僕の隣にアリアがやってくる。

「それだけじゃないよ。海だと泳ぐことになるでしょ」

「……？　そうですね」

「こ、こら。アリア！　その話は……！」

イリスが慌てた様子でアリアの言葉を遮ろうとする。

だが、アリアはタッと駆け出して、イリスから逃げるように言い放つ。

「イリス、まだ泳げないんだよ」

「……っ、ま、待ちなさいっての！　どうしてばらすのよっ⁉」

イリスが怒りながら、アリアを追いかける。相変わらず騒がしい二人だが、アリアの発言は中々に衝撃的であった。……いや、実際のところ貴族には意外と多いのかもしれない。

この辺りは川こそあるが、貴族が川遊びをする機会も少ないだろう。

別に恥ずかしがるような話でもないのだが、それより心配になってしまう。――騎士になる上で、泳げないのはまずいからだ。

イリスとアリアの剣の修行に付き合った後、僕は講師寮の方へと戻った。

修行の途中でも、イリスがずっと『泳げないわけじゃないんです』とか、『身体《からだ》が水に浮かないだけ』とか色々と言い訳をしていた。

別に泳げないことを悪いとは言っていないのだけれど。

「……ん？」

部屋の前に立つと、中に何やら気配を感じる。僕の部屋に勝手に入るような人物は決まっている。丁度、夕方以降に会う約束をしている人物だ。

「勝手に入らないでくださいよ、レミィル・エイン騎士団長」

「部下がどういう暮らしをしているか確認するのも上司の務めだよ」

そんなことを言いながら、部屋を見回していたのは《黒狼《こくろう》騎士団》の騎士団長――レミィルだ。赤く長い髪を揺らしながら、チェックするように僕の部屋を見回している。

僕の部屋は正直、いつでも出ていけるくらいには簡素だ。替えの服をいくつかクローゼットにしまっているくらいで、そこにあるのは机と椅子、ベッドくらいか。

　特に面白い物もないだろう……それよりも、だ。

「それはもはやプライベートに踏み込みすぎでは？」

「一歩踏み込む勇気が恋愛にも必要だと私は思うんだ」

「あはは|、たとえそれが好きな気持ちであったとして、他人の家に勝手に入ったらもう気持ちも冷めてしまうと思いますよ？」

「情熱的だと言ってもらいたいね」

「普通に『病んでる』と思いますが」

「君にすぐにでも会いたいと思う私の気持ちが分からないか」

ため息を吐きながら、レミィルが椅子に腰掛ける。確かに、彼女の言うことは間違っていないのかもしれない。

「もしかして、緊急事案でも発生しましたか？」

「……ふっ、君は相変わらず察しがいいな」

　笑みを浮かべながら、レミィルがそんなことを言う。

　彼女が直接僕のところにやってくるのは、大体緊急の事案が発生している時だ。

　レミィルが腕を組みながら、話を始める。

「一先《ひとま》ず、君の近況から聞いておこう」

「ほとんど変わっていないですよ。相変わらずの楽しい講師生活です」

「あまり楽しそうには聞こえないな」

「あはは、なんだかんだ資料整理とか結構忙しいので」

「君が騎士だった頃はもっと忙しかったはずだが」

「今は騎士じゃないみたいな言い方ですね」

「ふっ、冗談だとも。それで、アリアちゃんの方はどうかな?」

「アリアさんも普段通りに戻りました。彼女なら、もう心配ないですよ」

《影の使徒》という暗殺組織に生まれ、育てられたという彼女は、組織との決別を明確に示した。組織の首領《しゅりょう》であるクフィリオ・ノートリアも討ち、すでに組織は壊滅状態にあると言ってもいい。

家族として、そして友人として――アリアはイリスと再び固い絆《きずな》を結んだ。

少なくとも、アリアが勝手にイリスの下を離れることはもうないだろう。最近の修行でも、僕の言うことにはよく従ってくれている。

元々、摑《つか》みどころのない子ではあったが、一度気を許したらかなり距離が近くなるようだ。

相変わらず、イリスを煽《あお》るような言動が多いのは気になるが。

「そうか。まあ、君に任せている限り不安には思わないよ。ラインフェル嬢の方は?」

「そちらも相変わらず、剣の修行がお好きなようで」

「剣の道一筋……か。私個人としては《王》になることにも、少しは関心を持ってもらいたいけれどね」

「最終的にそのことを決めるのはイリスさん自身ですよ」

「君はそう言うが、ことはそう単純じゃない。……まあ、今日はそんな話をしに来たわけではないけれどね。――本題に入ろう。《剣客衆》のことは覚えているな？」

「それはもちろん、僕が倒したわけですからね」

剣客衆――一人一人が圧倒的な強さを持つ剣客集団。死を恐れることなく、求める敵は常に強者という、かつての僕を思い出させてくれるような組織だった。またその名を聞くことになるとは。

「その名前が出てくるということは――王都に？」

「いや、まだ王都までは来ていない。だが、王国が国防のために配置している《要塞》がいくつか襲撃を受けた。完全に機能を失ったわけではないが、被害を受けたのは六ケ所だ。かなり被害が大きいな」

「なるほど……それは深刻かもしれませんね」

国防に関わる問題――それ以上に、やはり剣客衆の強さが浮き彫りになる。

今の王国に、剣客衆とまともに渡り合える者が少ないというところが大きいだろう。

並大抵の騎士では足元にも及ばない……それが、各地に散らばっているという状態だ。

「生き残った――というよりは、見逃されたのかもしれないが、現場にいた騎士の話では、『先の敗北によって堕《お》ちた名を再び取り戻す』……そんなことを言っていたらしい」

「先の敗北……ということは、彼らの狙いは僕ですか？」

「剣客衆の敗北を指し示す戦いとなると、それくらいしかないからな。それに、残りの剣客衆全てが動いているくらいだ」

剣客衆が僕だけを狙っているのだとしたら、まだ少し動きやすいかもしれない。

確実にそうだと言い切れる証拠もほしいところだけれど。

「現状では、六ケ所襲撃を受けて、五人の剣客衆の居所は摑んでいる」

「五人？　六ケ所ということはもう一人いるんですよね。一人は分かっていないんですか？」

「それなのだけれどね……」

僕の言葉に、眉をひそめて歯切れが悪くなるレミィル。

五人のうちの一人がすでに王都に来ている――そういうわけでもなさそうだ。

レミィルが小さく息を吐くと、

「《ベルバスタ要塞》を襲撃した剣客衆――名は、ロウエル・クルエスター。彼は要塞内にて遺体で発見された。すでに、対象の一人ではない」

そう、はっきりと言い放った。

「遺体で発見された？　騎士の誰かが倒したのではなく？」

「……騎士にはすでに甚大な被害が出た後だったよ。あそこは実力のある騎士が揃《そろ》ってい
たのだが。高台から確認していた騎士によると、一人の少女が倒したらしい」

「……少女？」

「ああ、その子についての情報も得られている。確認したところ、近くの町で宿を取って
いたらしい。名前はルイノ・トムラだ」

「——トムラ？」

「！　何か知っているのか？」

「いえ、そういうわけでは」

レミィルの問いかけに、僕は言葉を濁す。

トムラというのは珍しい姓だ。だからと言って、僕の知っている人物と関わりがあると
決めつけるべきではない。それでも、気になるところではあるが。

「そのルイノという少女が剣客衆を殺した、と」

「ああ、にわかには信じがたいことだが、単独で討ち破っている。正直、味方であるのな
らありがたい話ではあるが……彼女については現在動向を調査しているところだ」

「なるほど……それで、僕には剣客衆の対応をしろ、と？　僕を狙っているのだとしたら、

どのみち対応しなければならない案件になりますけど」

「ああ。だが、今回被害を受けているのは王国全体に関わることでもある。すでに五つの騎士団で合同会議を開き、対応を決めることになっている。――君に対応してもらうのは、南方にある《リレイ》の町。丁度、海辺にあるところだな」

「！　海辺、ですか。随分とタイムリーな話ですね」

「なんだ、授業で海にでも行くのか？」

「はい、まだ可能性が高い、くらいですが」

そうは言いつつも、ほぼ決まりだろう。

南方の要塞となると、国外からの脅威というよりは《魔物》に対する脅威に対抗する意味合いの方が強いところだ。

「剣客衆の特徴は分かっている。まだ近くの町に潜伏している可能性が高い――いずれは王都に向かってくる可能性もあるが、今回は王都の守りはここにいる者達《たち》が総動員されることになるだろう。それでも剣客衆が五人もいればどうなるか分からないが……どのみち君は一人しかいない。黒狼騎士団として対応するのは、そのリレイの町にいる剣客衆だ」

「分かりました。ですが、僕はあくまでそこに講師として向かう予定だったので、生徒達には少し離れたところに宿を取らせましょうか。それと、偵察の騎士についても準備を」

「もちろん、分かっている。最大限配慮はしよう」

学園とも相談することになるだろうが、これで僕が海に向かうことは間違いない。

次々と仕事が舞い込んでくる――海でも骨休めになることはないようだ。……海といえば、一つ思い出したことがある。

「話は変わるんですが、騎士になるための条件に、『泳げること』ってありますよね？」

「もちろんだ。人命救助も騎士の務め――流れの強い場所でも泳げるように鍛えねばならないだろう。君の場合は、それができなくても必要な人材だけれどね」

一応、僕も泳ぐことはできる。人一人くらいなら、抱えて泳ぐ訓練もしている。……やはり、水泳というのは必須項目になってくるようだ。

「それを今聞くということは……なんだ。騎士志望者で泳げない者がいるというのか？それなら海に行った時に泳げるように練習に付き合ってやったらどうだ？」

「あはは、そうですね。そうした方がいいかな、と僕は思っています」

「ふっ、講師らしくていいじゃないか。まさか、ラインフェル嬢のことではあるまい？」

レミィルの問いかけに、僕は笑みを貼りつけたまま沈黙する。

レミィルも笑みを浮かべていたが、やがて僕の反応を見て眉をひそめた。

「……そうなのか？」

レミィルの言葉に、僕は小さくため息を吐《つ》いて頷《うなず》いた。

＊＊＊

《剣客衆》の件を受けてから二週間後――僕は生徒達を連れて《リレイ》の町にいた。

海岸沿いにあり、そこに隣接するだけあって水産業が発展した場所だ。王都で取り扱われる海産物には、ここから仕入れられた物も多く存在する。

観光地としても有名だ。町自体は小さな山沿いにあるためか、坂の途中に造られていて、そこから見える海の景色はとても美しい。

そんな場所に、僕は生徒達を連れてやってきていた。

課外授業を中止する――そういう選択肢もあったが、まだイリスを狙っている可能性も考慮してのことだ。

剣客衆の狙いは僕だという話は聞いている。……だが、彼らがどんな手段を使ってくるかは分からない。

仮にイリスを狙ってくるのであれば、剣客衆は学園を襲撃することになるだろう。

それでは、他の生徒にも危害が及ぶ可能性がある。

騎士団の協力も得られることだし、僕が注意を払っていれば、こうして近くで行動している方が安全だと言えるだろう。

騎士として、そして講師としての両方の立場から考えてのことだ。

生徒を預かっている以上、彼らの安全を保障するのは当然のことだろう。

「先生っ！　泳いできてもいいっ!?」

そんな状況など知る由もないだろう、女子生徒のはしゃぐような問いかけに、僕はさらりと答える。

「あはは、その前に点呼を取るので浜辺に集合ですよー」

元気な女子達は早々に浜辺に駆けていき、男子生徒達もそれに続いた。

僕は取り残されたような形になる――と思えば、僕の隣にはどんよりとした雰囲気のイリスがいた。

「イリスさん、平気ですか？」

「！　へ、平気です！　別に、海だからテンションが低いとかそういうわけではなくてですね……」

丁寧にテンションの低い理由まで自分から説明してくれる。

目の前には小さいとはいえ山がある。イリスがそちらの方に視線を送ると、

「……ここで海派と山派で別行動というのは？」

そんな希望をポツリと口にした。

「引率が僕だけですからそれは無理ですね」

「ですよね……」

そんなイリスの希望を打ち砕くと、彼女はがくりと肩を落とす。どうやら本当に海に来るのが嫌だったらしい。

だが、これはイリスにとっても必要なことだ。

「イリスさん、君の気持ちも分かりますが……泳げるかどうかは騎士にとって重要なことなんです」

「っ！　泳げないから嫌がっているわけでは……あ、ありますけど」

視線を逸《そ》らしながらも、素直に認めるイリス。その姿に思わず笑ってしまいそうになるが、僕は海の方に視線を送って続ける。

「これも修行の一環ですね」

「……修行？」

「はい。僕は君が《最強の騎士》になれるように手助けをするつもりです。けれど、泳げないなんて理由で騎士になれなかったら、それこそ恥ずかしいことだと思いませんか？」

「……！　確かに、先生の言う通り、です」

「泳げないことが悪いとも思いませんし、今泳げないことが恥ずかしいとも思ってません。この課外授業の中で、泳げるようになればいいわけですからね。僕がしっかり教えますから」

「シュヴァイツ先生……分かりました。私、この授業で泳げるようになります……！」

決意に満ちた表情でイリスが宣言する。一応、授業の目的は泳げるようになることではないのだが……まあ、彼女にとってそれでやる気が出るのならいいだろう。

決意を新たに浜辺へと向かうイリスに続くと、

「先生」

不意に背後から声をかけられる。相変わらず気配を消すのが上手《うま》い——アリアだ。

「アリアさん、まだ浜辺には向かってなかったんですか?」

「うん。ちょっと気になることがあって」

「気になること?」

「そう、問題なさそうだったけど。先生、授業の他に仕事もあるよね?」

「!」

アリアがそんな風に問いかけてくる。ちらりと彼女が視線を送ったのは、少し離れたところにいる観光客。彼らが本当は観光客でないことに、アリアは気付いたようだ。

偵察や監視の任務に特化した騎士達なのだが、それにすぐ気付くとは、やはりさすがと言うべきか。

「よく気付きましたね、アリアさん」

「たぶん、イリスも気付いてると思うよ。言わないだけで。それで、今回はどういう仕事なの?」

「あはは、君は相変わらずストレートに聞きますね」

「うん、気になるから」

「そうですか――今回は、君達には関わりのないことだと思います」

僕はそう答える。実際のところ、嘘《うそ》は言っていない。今回の件については断定できないが、狙われているのはイリスではなく僕の方だろう。

それならば、今の状況でイリスやアリアに負担をかけるような話をする必要はない。

実際、イリスが事情を聞けば間違いなく協力する、と言い出すだろう。

アリアは訝《いぶか》しげな表情を浮かべながらも頷いて、

「……分かった。先生がそう言うならいい。けど、わたしは先生のことを信頼してる。だから、先生も必要ならわたしを頼って」

そう言って、イリスの後を追うように駆け出した。

……以前のアリアであれば、ここで食い下がってでも話を聞こうとするか、自分で調べ上げそうなものだが、そういう意味ではきちんと信頼されているのかもしれない。

だからこそ、僕自身の手でこの問題を解決する必要がある。

この近くに潜んでいる剣客衆と、ルイノ・トムラという少女――

(トムラ……か。今更聞くことになるとは、思いもしなかったね)

彼女が僕の知る『トムラ』という人物と関係があるかどうかは分からない。けれど、もしそうだった時――僕の取るべき行動も考えておかなければならないところだ。

＊＊＊

レミィル・エインは《会議》を終えて、執務室に戻るところであった。王国内にいる五人の《騎士団長》――一堂に会する機会は、月に一度あればいい方だったが、今は高い頻度で召集を受けている。理由は簡単だ。《剣客衆》という、この国にとっての脅威が迫っているからだ。

以前は《剣聖姫《けんせいき》》イリス・ラインフェルを狙ってのことで、その件は犠牲を払いながらも《黒狼《こくろう》騎士団》が解決した。

正確に言えば、アルタ・シュヴァイツという少年騎士のおかげであるが。

（今回も、君に頼ることになるか）

五ケ所に分かれて滞在していると目される剣客衆。その一人の対応は、アルタに任せている。

残りの四人についても、それぞれの騎士団にいる精鋭達が、その対応に当たるとのことだった。

どの騎士団も、『虎の子』と呼べるような騎士を抱えているだろう。レミィルにとってはアルタと、先の戦いで失った《蒼剣《そうけん》》ベル・トルソーがそれに該当していた。

(……私も、デスクワークばかりしている場合ではないのかもしれないがな)

そんなことを考えながら、レミィルは執務室まで戻る。扉に手をかけたところで感じたのは、人の気配であった。

その気配はどこか異様なものであった。扉を開く前から、こちらの気配にも気付いている。警戒しているというわけではなく、だがどこか鋭い視線のようなものを感じた。

レミィルは腰に下げた剣の柄《つか》に触れ、警戒しながらも扉を開く。

そこにいたのは——一人の少女であった。

着物の胸元を強調するかのように必要以上にはだけさせながらも、さらしすら巻いていない。

着物はこの辺りでは珍しい、東洋の国で見られるものだ。丁度、剣客衆であるアズマ・クライがそうであったように、刀を持った少女がレミィルに笑顔を向ける。

「おかえりー、待ってたよ」

「——ルイノ・トムラか?」

「ん、そうだよ。なんで知ってるの?」

報告にあった外見的特徴が一致する。侵入者は悪びれる様子もなく、ソファーに腰掛けていた。

「知っているさ。剣客衆の一人を単独で破ったという……何故《なぜ》、君がここに？」

レミィルはあくまで冷静に問いかける。今回の件の中でもっともイレギュラーな存在
――それが、目の前にいるルイノという少女だ。

剣客衆の狙いが、アルタであるということは分かっている。仲間四人の復讐《ふくしゅう》か……そんな繋《つな》がりがあるのかは分からないが、少なくとも彼らは結託してアルタを狙っている。

目的が分からないのは、このルイノという少女であった。何かの組織に属しているという情報もなく、剣客衆を打ち倒したことで知られることになった少女。……問題は何故ここに彼女がいるか、だ。

騎士団の警備も抜かりはない――それらを容易《たやす》く掻《か》い潜《くぐ》ってきた時点で、彼女の実力が高いことが理解できる。

「にひっ、面白いこと聞くね？　それはもちろん、ここに用があったからだよ」

「用、とは？」

「質問ばっかりだねぇ。でも、あたしも聞きたいことがあるから答えるよ。色々と『聞いて』みたけど、アルタっていう子供の騎士が、ここにいるって話なんだけど、会えるかなって！」

「……アルタになんの用がある？　用件なら代わりに私が聞いておこう」

「んー？　お姉さんも悪くなさそうだけど、ちょっと『足りない』かなー。剣も刀も、毎

日振らないとね？」

確認するような視線で、ルイノがレミィルの手元を見る。すでに臨戦態勢に入っているのは分かっているはずだが、ルイノの態度はあくまで余裕のままだ。

ルイノは、目的があってここに来たと言う。彼女の雰囲気から、おおよそのことは察することができた。

「君も、アルタのことを狙っているのか」

「君もってことは、やっぱり剣客衆もそうなんだねぇ。さっきも絡まれたくらいだし……ここに来たからには用はないんだけど」

「さっき……？」

「そんなことより！　アルタはどこにいるの？」

「答えると思うか？」

「答えた方がいいと思うよ？　まあ、力ずくっていうのも嫌いじゃないけどねっ！　にひっ」

ルイノが刀の柄を握る。一触即発――いつ斬り合いになってもおかしくはない状態だ。

「貴様、ここで何を――ぐあっ！」

「！」

その時、外から聞こえてきたのは騎士の叫び声。それを聞いて、ルイノが眉をひそめる。

「あーあ、こんなところまでついてきたんだ」

「一体、何を連れてきた……!?」

「さっき言ったでしょ。ここに来る途中でも、絡まれたんだよねぇ」

ルイノの言葉と共に、扉が剣で斬り裂かれる。

すぐに反応して、レミィルはその場から跳んだ。姿を現したのは、全身が鮮血で染まった細身の男――

「剣、客衆……!」

もう一人の来客は、予想外であった。

剣客衆の動向は、騎士団でも常に確認している。だが、彼らの動向を完全に把握し切るのは無理なことだろう。

このルイノという少女も含めて、想像以上に動きが速い。

現れた剣客衆――ゼナス・ラーデイはギョロリとした目でルイノを睨《にら》む。

「逃げられると、思うなよ」

「にひっ、別に逃げてないって。目的地がここなんだから、もうあなた達《たち》に構ってる暇はないの!」

ルイノの言葉に、ゼナスが耳を貸す様子はない。

真っ赤な剣を手に握り締めて、ポタリと鮮血を滴らせながらゆっくりとルイノに近付いていく。

レミィルの取るべき行動は、可能であればどちらも捕らえることだった。

だが、いずれも実力で言えば……まともに斬り合ってもレミィルが負ける可能性がある。

それに、剣客衆までもがすでに王国内に侵入している状態だ。

はっきり言って、緊急事態だと言える。

そんなレミィルの方を見ながら、ルイノがにやりと笑みを浮かべて言う。

「じゃあさ……取引しようよ。アルタに会わせてくれるなら、協力してもいいよ？」

「なんだって……？」

それはレミィルにとって、最悪でありながら最も望まれる選択肢であった。

第2章　海辺の町と剣客衆

生徒達には荷物を宿へと預けさせ、僕は海辺へとやってきていた。

今回の日程は二泊三日――それほど長くはないが、一応海にただ遊びに来たわけではない。学園の授業の一環であり、海辺に隣接する町の暮らしや仕事、その他海洋の魔物について学ぶ目的もあるのだが……。

「海だーっ！」

「泳ぐぞー！」

水着に着替えた生徒達が、はしゃぎながら颯爽《さっそう》と浜辺を走っている。

僕はそんな姿を見守りながら、小さく嘆息した。

「まあ、海に来たらまずは遊びになりますよね」

僕もそれを咎《とが》めるつもりはない。荷物を置いた生徒のほとんどは水着に着替えて、早速海辺で遊び始めていた。

初日の午後は主に浜辺での活動が中心となる。砂山を作る子達や、海で水をかけ合う女子生徒達。それを砂浜から見つめる男子生徒達など様々だ。

僕の役割は生徒達が危険な場所に行かないように監視すること。浜辺には太陽を遮るようなものもなく、僕はパラソルを借りて少し離れたところから様子を見守っていた。海水浴を楽しんでいるのは生徒達だけではない——他にも、町に暮らす人々や観光に来ている一般の客なども目に入ってくる。そんな中に、《王国騎士》の姿もあった。

「アルタ君、オイル塗ってよ、オイル！」

椅子に座っていた僕に、一人の女子生徒が声をかけてくる。

彼女の名前はミネイ・ロットー。仲のいい女子生徒と三人組で行動していて、僕が最初に『授業』をした時にもその三人組で仕掛けてきた。

ちらりと水着の胸元を見せながら、誘惑するような格好で言ってくる。……どうやら最近は、子供ながら驚いたりする姿を見せない僕をどうにか動揺させようとする遊びが流《は》行《や》っているらしい。

確かに、女の子の裸くらいで動揺するような生活を送ってきたわけでもないし、今も胸元を見せられたくらいで大きな反応をすることはない。

「アルタ君ではなく先生ですよ。他の二人はどうしたんですか？」

「んー、先に海で遊んでるよ。私だけ遅れちゃったからさ！　だから、アルタ君……いいでしょ——」

「私がやってあげましょうか？」

「へ……？　イ、イリス様!?」

ミネイの言葉を遮ってやってきたのは、にこやかな表情のイリス。

彼女の肩に手を置いて、もう片方の手にはオイルを持っている。

「あ、あはは、冗談、冗談ですよ！」

「遠慮しなくていいのよ。そこに横になって。代わりに私もやってもらうから」

「や、その……だ、大丈夫ですから！」

「あ、ちょっと！」

だが、ミネイは早々に慌てた様子で去っていく。……イリスの威圧感にやられてしまったか。

僕も、今のイリスからは中々に強い圧力を感じた。以前からそうだが、イリスの家、ラインフェル家は王国の《四大貴族》の一つに数えられる。

イリスの父、ガルロ・ラインフェルは騎士団長であったが、それ以前から王国に大きく貢献してきた家柄の一つなのだ。

現王であるウィリアム・ティロークの家柄も、この四大貴族のうちの一つである。

次期《王》の筆頭候補はラインフェル家のイリスであり、ゼイル・ティロークの件もあってティローク家が次の王の座に就くことはないと言われている。

現王であるウィリアムは隣国との戦争時から活躍してきた男であり、その功績や騎士達の信頼もあってまだ王という座に就くことができている。

だが、本人も遠くない未来にはその座を退くつもりでいるらしい。――息子の不祥事のことも含めて、本来ならば今すぐにでも交代すべきであると考えていたようだ。今の王国で、ウィリアムの代わりとなる者達は、まだ若すぎるというところが問題なのだろう。

そんな王の候補の一人であるイリスは、去っていくミネイの方を見ながら嘆息する。

他の生徒達とあのように距離感があるのは最初からだ。

元より王の候補として知られ、十歳にして剣術大会で優勝するような貴族の一人娘――普通に接しろ、と言う方が難しいのかもしれない。

イリスが僕の方に向き直ると、何かに気付いたように水着を隠す仕草を見せる。

純白のビキニ――彼女らしいと言えば彼女らしい、とてもシンプルなデザインのものだ。

「あ、すみません……恥ずかしいところを」

「いえ、助かりましたよ。最近ああいう感じでちょっかいを出してくる子が増えてきましたからね。僕にオイルを塗らせても作業にしかならないんですが」

「！　やっぱり最近そういうことが増えているんですね……。私から注意しておきましょうか？」

「そこまでの話ではないですよ。それに、そういうのは講師である僕の役目ですから」

イリスに注意されてしまってはなおさら他の生徒達も委縮してしまうだろうし、距離も遠くなってしまうかもしれない。同じクラスなのだから、少しくらいは仲良くした方がいいだろう——そうは思うが、こればかりは僕の方から促しても中々難しそうだ。

そんなイリスの後ろから忍び寄るようにやってきた一人の少女。

「先生、まずはイリスの水着の感想教えて」

「ちょ、アリア……!?」

隠す仕草を見せていたイリスの両手を後ろで摑《つか》んで、無理やり見せるようにしながらそんなことを言う。

顔を赤くして動揺した表情を見せるイリスに対し、アリアが後ろから僕に視線を送る。

水着の感想——そう聞かれても僕から期待に応えられるようなことは言えないが。

「とても似合っていますよ」

だから、正直に思っていることを言うしかない。無理やり見せるようにしたアリアを怒るのかと思えば、僕の答えを聞いたイリスは、視線を泳がせてやがて俯《うつむ》くと、

「あ、ありがとうございます」

そう小さな声で呟《つぶや》いた。

そんなイリスの隣にアリアが立つ。

「わたしは？」

イリスで隠れていたが、アリアは真っ白な肌とは対照的な黒の水着であった。私服は常

に武器を忍ばせているからか、大きな布の面積で肌が隠れていたのだが……水着の方は逆に布面積が少なく見える。むしろ、かなりギリギリを攻めているのではないだろうか。

「アリアさん、あまり男子生徒の目を引く水着は感心しないですね」

「イリスが学園指定の水着で行こうとするから、せっかくだから買ったの」

「そ、それは言わなくてもいいでしょう!?」

「学園指定……？　水泳の授業はなかったですよね？」

「授業はないけど、水着はそれこそこういう授業で着るでしょ。だから、一応学園が指定する水着はあるよ。誰も着てないだけで」

　そうだったのか。あまりその辺りのルールについては把握していなかった。……まあ、学園の水着を着なければならないというルールがあるわけでもない。

むしろ、僕も把握していなかったルールをしっかりと守って学園指定の水着を着ようとしていたイリスの方がすごいと思う。

「ま、まあ……ルールと言っても守らないといけないものではないので、私もこの水着にしました」

「どの水着がいいかなって、イリス結構ノリノリで選んでたよね？」

「だからそういうのは言わなくていいのよ！」

「あはは、イリスさんも楽しみにしてくれていたのなら僕も嬉《うれ》しいですよ」

「あ、その……楽しみにしていたというわけでは、なくて」

「いえ、丁度僕も見張りをするだけでは飽きてきたところです。そろそろ行きましょうか」

「え、行くって、どこに……？」

イリスが怪訝《けげん》そうな表情で僕のことを見る。

僕も上着を羽織ってはいるが、下は水着だ。イリスも水着を着てきた以上、やるべきことはすでに分かっているだろう。

「海ですよ、海。泳ぎの練習、今から始めますよ」

時間も限られている――今のうちに、泳げないイリスに基礎くらいは教えておいた方がいいだろう。

先ほど、浜辺を歩いていて見つけた岩場の陰――人通りはなく、緩やかな波の音だけが聞こえる空間がそこにはあった。

他の生徒の目も考えて、僕は目立たない場所を選んだつもりだ。

海の中に入ると、まだまだ冷たさを十分に感じる季節であることを実感する。この水温でもはしゃげるのはやはり若さというところか……まあ、年齢で言えば僕の方が下にはなるのだけれど。

「イリスさん、こちらに」

「は、はい」

戸惑いながらも、イリスが僕の指示に従い海に入る。泳げないと言うが、水に抵抗があるわけではないらしい。さすがにそこからだと、僕が教えても時間がかかってしまうだろうが。

「とりあえず、どのくらいのレベルか見ておきたいので試しに泳いでみてもらえますか?」

「え、泳げって言われても……これくらいしかできないですけど」

そう言ってイリスが見せてくれたのは、バシャバシャと水の音を立てる犬かきであった。

一応、泳ぎ方の一つではあるし進んではいるのだが……割と必死で泳いでいるのが伝わってくる。

さすがにこの姿をクラスメートには見られたくないだろう。そう思いながら浜辺の方を見ると、必死に泳ぐイリスを見守るアリアの姿があった。

しゃがんでこちらを見るアリアの表情は相変わらず気だるげ……だが、よく見ると少し震えている。――笑いをこらえているな、あれは。

「こ、こんな感じ、です……」

イリスがそう言いながら立ち上がる。少し顔が赤いのは、犬かきしかできないことに恥ずかしさを感じているからか。

「大体分かりました。一先《ひとま》ず、ばた足から練習していきますか」

「はい――その前に、アリア！　いつまで見てるつもり!?」

気にしていないのかと思ったが、やはり浜辺にいるアリアのことが気掛かりだったようだ。

アリアが素知らぬ顔で答える。

「イリスが泳げるようになるまで」

「ずっとじゃないの！」

「アリアさんは泳げるんですか？」

僕が問いかけると、アリアは何も答えないまま岩場の上へと向かう。そこは結構高さのあるところだが、アリアは一番上に立つと、両手を高く上げて迷いなく跳んだ。

文句のつけようがないほどに綺麗《きれい》なフォームのまま、海の中へとダイブしていく。

……さすがと言うべきか、アリアの飛び込みは完璧だ。イリスと暮らし始める前から泳げたのだろう。

戻ってきたアリアはしたり顔を見せながらこちらに向かってくる。

「!?　ちょ、アリア！　水着！」

「あ」

アリアもイリスに指摘されて気付いたらしい。元々布面積の少ない水着は、飛び込みの勢いで流されてしまったのか――胸が完全に露《あらわ》になっていた。

僕は咄嗟《とっさ》に視線を逸《そ》らしたが、イリスが僕の視界を遮るように手で目を塞ぐ。

「早く水着を取ってきなさい！」

「そんなに慌てなくてもすぐに行くから」

「ならなんでこっちに来るのよ!?」

「少し休もうかなって」

「胸を、胸を隠しなさいって！」

「イリス、慌てすぎ」

「あなたが慌てなさすぎなのよ！」

間違いなくイリスをからかうつもりでやっているのが分かる。

――僕が慌てたりしないのは、アリアも分かっているだろう。アリアは普段、他の生徒達《たち》のように、僕にちょっかいを出してくることはほとんどないからだ。

「そんなに言うならイリスが取ってきてよ」

「なっ……わ、分かったわよ！　私が探してくるから……せ、先生のことは信じてますっ」

言うが早いか、イリスはパッと手を離してアリアの飛び込んだ方へと向かう。

そもそもイリスは泳げないから探すのもほとんど無理なはずだが、よっぽど慌てているのだろう。

そんなイリスの姿を見ながら、アリアがくすりと笑う。

「イリスはからかい甲斐《がい》があるね」

「全く、泳ぎの練習はこれからなんですよ？」

「分かってる。ちょっと遊んだからもう邪魔しない」

「それなら構いませんが……遊びたいのならクラスの子と遊んでは？」

「イリスと一緒の方が楽しい」

アリアもこういうタイプなので、距離を置いているというよりはイリスに付きっきりというのが正しいのかもしれない。生徒達も、二人でセットみたいに感じていることだろう。

これもまたアリアの性格の部分もあるので、言ったところで仕方ないのは分かっている
――だが、担任としては一応皆と仲良くするように言った方がいいのだろう。

「せっかくの機会ですから、他の子と親睦を深めることも考えては？」

「ん、イリスが泳げるようになったら考える」

「イリスさん第一、ですね」

「先生もそうだよね？」

「僕は君とは少し違いますよ」

そう答えて、アリアの方に視線を送る。依然、水着を流された彼女は、恥ずかしがるような素振りを見せずに胸をさらけ出したままだった。

これでも動揺しないのはアリアらしい――そう思った時、

「……あまり見ないで」

少しだけ頬を赤くしながらアリアがようやく胸元を隠す。……彼女にも一応、羞恥心というものがあったらしい。

「そう言うなら初めから隠してくださいね」

「……うん」

僕は浜辺に置いておいた上着をアリアに着せると、必死にアリアの水着を探すイリスに向かって叫ぶ。

「イリスさーん！　水着なら僕が探しますから、泳げないんですから無茶しないでくださいね」

「だ、大丈夫です！　溺れたりはしませんから！」

何故《なぜ》そこで強がるのか――そんな疑問を抱きつつも、僕は泳いで早々にアリアの水着を見つけ出す。その後のアリアは結局浜辺にいることに変わりはなかったが、静かに僕とイリスの練習を見守るつもりのようだった。

ようやく、イリスに泳ぎを教えられそうだ。

＊＊＊

「はい、その調子ですよー」

「……」

イリスが無言のまま、水辺でばた足をする。

その手を引く形で、僕は彼女に泳ぎを教えていた。水が苦手なわけではなく、単にやってこなかっただけだ――今のペースならば、早い段階で泳げるようになるだろう。

ただ、イリスが気にするように時々浜辺を見る。

ちょっかいは出さなくなったが、アリアの存在がどうにも気になるらしい。

思えば、二人は親友であり、家族であり、そして競い合う間柄でもある。

イリスの性格からすれば、半ば弱点をさらけ出しているような今の状況は受け入れられるものではないのかもしれない。

かといって、アリアに「見るな」と言うのも違うだろう。こういう時は、利用するのが一番だ。

「今の状況を見られたくなかったら、集中して練習に励んでくださいね」

「！　す、すみま――わぷっ」

僕の言葉にイリスが大きく反応してしまい、海水を飲んでしまったらしい。咳《せ》き込みながら、イリスが立ち上がる。

「えほっ、げほっ」

「大丈夫ですか？　すみません、もっとちゃんと引いていれば」

「うぅ、はい……余所見《よそみ》した私の責任です……」

「イリス、頑張れ」

「わ、分かってるわよ！　今に見てなさい！　すぐにあなたより泳げるようになってみせるんだから！」

「うん、ずっと見てる」

先ほどの感じだと、さすがにアリアクラスの泳ぎをマスターするには時間がかかる気がする。

なにせ、彼女は高いところから飛び降りても、真っ直《す》ぐ、綺麗な着水を見せた。

その後も無駄がなく、アリアらしい泳ぎだったと言える。

イリスも覚えるのは早いが、どちらかと言えば彼女の泳ぎは力強いものだ。……どちらも性格が出ていると言える。

「とりあえず、少し休憩しましょうか。一度生徒達の様子を見てきますので」

「すみません、私ばかり……」

「いえいえ、見た限りでは皆さんとにかく遊びたいオーラ全開だったので。海に乗り気でないのはイリスさんくらいでしたからね」

「うっ……」

しゅんとした表情を見せるイリス。さすがにいじりすぎたか……そう思っていると、アリアがイリスのところまでやってくる。

「休憩なら遊ぼうよ」

「休憩の意味分かってないわね……？　まあ、私は構わないけれど」

ちらりと、イリスが僕の方を見る。休憩と言った手前、遊んでもいいのかと気にしているのだろう。そんな細かいところまで気にするのは、それこそイリスくらいのものだ。

僕は肩をすくめて答える。

「危険はないようにお願いしますね」

「そ、そんなことしませんっ」

イリスがすぐに否定した。だが、アリアが持っているのは模擬剣――イリスにそれを手渡すと、

「海辺での稽古もいいよね」

「……確かにこういうところで練習する機会はないわね」

たった今、僕に答えたのはなんだったのか。まあ、イリスにとって稽古はどこでやろうと危険なものという認識はないのだろう。

嘆息しつつ、僕は一度生徒達の様子を見に戻る。

他の騎士達も監視に付いているため、浜辺ではいつも以上に平和な様相が広がっていた。

時折、海の近くには柄の悪い男達がやってくることもあると聞くが、そんな姿は欠片《かけら》も見られない。

近づく前に、騎士達がなんらかの対応をしているのだろう。

あちらの方は問題なさそうだ――大きめの岩の上からそれを確認し、振り返る。

すると、すでに臨戦態勢に入ったイリスとアリアがお互いに武器を構えて向き合っていた。

「何か変な感じがするわね……」

「砂浜だから、いつもと感覚が違うんだよ――」

イリスの言葉と同時に、アリアが駆け出した。その動きに迷いはなく、砂をしっかりと踏み締めて駆ける。他方、わずかに反応の遅れたイリスは防御の姿勢に入った。

短剣を構えたアリアが、穿《うが》つような一撃を放つ。

「……っ！」

イリスがそれを受けて、後方に下がる。だが、慣れない砂浜で踏ん張りが利かないのか、バランスを崩した。アリアはそれを見逃さない。続く猛攻――やがて、イリスの防御は崩れてアリアの短剣がイリスに突き立てられる。

「はい、わたしの勝ち」

「ちょ、い、今のは反則……」

「戦いに反則なんてない――これはわたしの勝ち」

「ぐ、ぅ……わ、分かったわよ。飲み物買ってくればいいんでしょ!?」

「うん、一番美味《おい》しそうなの」

「そういう曖昧な言い方なら一緒に来ればいいじゃない」

「罰ゲームにならないよ？」

……どうやら僕がいない間に、戦いに負けた方が飲み物を買いに行くことになっていたらしい。

アリアはこういう場での戦いにも慣れているような動きを見せていた――ありとあらゆる戦闘に備えて、色々と教え込まれていたのが分かる。他方、イリスは砂に足を取られて思うように動けていなかった。

一対一での、騎士同士の戦いの場――それが、イリスが最も強さを発揮するところなのだろう。

だが、彼女が目指すものはそのレベルではない。

そういう意味では、泳ぎだけでなくここでもある程度、戦いには慣れさせた方がいいのかもしれない。

（……まあ、それも《剣客衆》のことが片付いたら、かな）

水平線を見据えて、僕はそう考える。……まだ平穏なことばかりだが、僕のやるべきことはすでに決まっているのだから。

＊＊＊

イリスは一人、飲み物を買うために町までやってきていた。そして、少し後悔していた。

(上着でも羽織ってくればよかったかしら……)

海辺の町というだけあって、イリス以外にも水着姿の人は目に入る。だが、イリスはそもそも水着姿というものに慣れていない。

感覚で言えば下着を晒《さら》して歩いているような……。アルタの前では平静を装って練習していたが、正直に言えばずっと緊張していた。

(……余計なことは考えないようにしないと。先生も、何か事情がありそうだったし)

イリスはアルタの様子から、そして周囲の状況から察することはできていた。――観光客の中に、《騎士》が交じっている。

アルタがイリスを護衛させるために用意するとは思えない。そもそも、護衛が必要ならば、何か言ってくれるだろう。

何も言わないということは、それはイリスには関わりのないことなのかもしれない。

(……それでも、相談くらいはしてほしかったわ)

アルタにとって、イリスは護衛対象でしかないのだろうか。そんな気持ちも沸き上がってくる。剣も泳ぎも教えてもらっておきながら、そんなことを考える自分が嫌だった。

けれど、イリスが聞いてもアルタは答えてくれないだろう。

（私が、まだ先生から頼られる強さを持っていないから……よね）

《最強の騎士》になる――それが、イリスの目標であり、夢だ。いつか、アルタがイリスのことを頼ってくれるくらいの強さを手に入れることができれば、このように悩む必要もなくなるのかもしれない。

「……ふぅ」

「何か、お悩みのようね？」

「！」

イリスは不意に声をかけられて、少し驚いた表情を浮かべながら、視線を送る。

そこに立っていたのは、一人の女性。

顔を紫色のヴェールで覆い隠し、ローブに身を包んでいる。

比較的暖かい気候であるこの地域で、随分と厚着をしているように見えた。

くすりと小さく笑いながら、女性がイリスに頭を下げる。

「……あなたは？」

「ワタシは、ここで占い業を営むノウェ・レーシンと申します。貴女《あなた》は何やら、お悩みがあるようですね」

「……別に、悩みというほどのことはないけれど」

イリスは若干、目の前に現れた女性——ノウェを訝《いぶか》しむ表情で見る。イリスは占いなどに特に興味はない。

クラスメートが楽しんでいるところを目撃したことはあるが、イリスからしてみれば遊びのようなものだ。

早々に話を切り上げて、アルタとアリアのところへ戻ることを考える。

「ウフフ……たとえば、想《おも》い人が貴女に隠し事をしている、とか？」

「！　お、想い人？」

ノウェの言葉に、イリスは大きく反応する。

「アラ、違いましたか？」

「べ、別に想い人とかそういうわけじゃ……」

「ウフフ……『隠し事』はされているのですね？」

「っ！」

ノウェにそう指摘され、ハッとした表情を見せるイリス。確かに……今のイリスが悩んでいたことの一端に、アルタの『隠し事』がある。

驚くイリスに対し、意味ありげに笑いながら、ノウェが言葉を続ける。

「ウフフ……あながち馬鹿にはできないものでしょう。さほど時間は取らせませんので、ワタシにお付き合いいただけませんか？」

ノウェがヴェールを外して、その顔を見せる。左目の下の泣きボクロが特徴的。妖艶な笑みでイリスを見据えていた。

すぐに戻ることを考えていたイリスであったが、『自分の考えていた』ことを当てられて、わずかに心を揺らす。

イリスはしばし悩んだあと、

「……まあ、少しくらいなら」

そう、答えたのだった。

＊＊＊

僕が『その連絡』を受けたのは、イリスが飲み物を買いに行ってからしばらく経《た》ってのことだった。中々戻ってこないイリスの代わりにやってきたのは、周辺で警戒に当たっていた騎士の一人。

その騎士に案内されてやってきたのは、海岸沿いにある廃屋。

以前は倉庫として使われていたらしいが、すでに人の出入りがなくなって久しいという。

その廃屋に、一人の遺体があった。

「彼女は？」

「確認したところによると、ノウェ・レーシンという、この町では有名な占い師だそうです。ここ最近は姿が確認されていなかったようですが……」

「そうですか」

彼女――遺体の名は、ノウェ・レーシン。肩から胸にかけての一撃で、抵抗した様子もない。

それ以外に目立った外傷はなく、ノウェは正面から斬られて死亡している……それが、僕にはすぐに分かった。そして何より、これほどまでに綺麗《きれい》な斬られ方から、彼女を斬った相手がよほどの手練《てだ》れであったことが分かる。

《剣客衆》がこの町の付近に潜伏している証拠だ。犯人も、おそらくは剣客衆の一人だろう。

「正面からの一撃。強いね」

「なっ、君……！　どこから入ってきた!?」

騎士が驚きの声を上げる。そこにいたのは、アリアだった。

僕は騎士を手で制し、アリアの前に立つ。

「砂浜で待っているように言ったはずですよ。子供が見ていいものじゃないですし」

「アルタ先生も子供でしょ。それに、これくらいなら見慣れてる。もう、隠してる場合じゃないんじゃない？」

「――他の騎士達《たち》に警戒するよう連絡を。それと、ここの処理は任せます。僕も動きますので」

「しょ、承知しました！」

僕の言葉を受けて、騎士がその場を去っていく。僕はそのまま、廃屋を後にした。

その後にはアリアが続く――そこで、僕は小さくため息を吐《つ》いた。

「分かりましたよ。こうなると、君は勝手に調べそうですからね。それに、調べようと思えば調べられたでしょうし」

「うん、それくらいはできたよ」

アリアがそうしなかったのは、先ほども言っていた通り――僕のことを信頼してくれているということだろう。その気持ちに応えるのならば、何事もなかったかのように今回の課外授業を終わらせるべきだったのだろうが……彼女もいよいよ今の状況について知りたいという気持ちが強くなったようだ。

「剣客衆を覚えていますね？　イリスさんの殺害を請け負った組織です」

「！　あの殺し屋の人達、だよね。まさか、ここにいるの？」

「はい、確認されているのは一人ですが……現在この町に潜伏している可能性が高いです。

もっとも、すでに名前や特徴もある程度分かっています。君が気が付いている通り、すでに騎士も十数名配備しています。向こうが仕掛けてこないのも、警戒が強いことが分かっているからでしょう」

剣客衆は戦闘狂と言える組織ではあるが、勝てない戦いに挑む連中ではないということだ。頭目であるアディル・グラッツもまた、僕と斬り合った時に微塵《みじん》も『負ける』とは考えていなかっただろう。

「はあ、その剣客衆がまたイリスを狙って……？　それなら、イリスに教えるべきだよ」

「イリスさんが狙われているのなら、もちろん話しましたよ。ですが、今回は違います」

「……それって、狙われているのは先生ってこと？」

まだ本題に触れていないが、アリアは察しのいい子だ。

およそ僕の態度や話から、今回の状況について理解したのだろう。剣客衆がここにやってきて、仕掛けてくる可能性がある。それで狙われているのがイリスでないのなら――彼らの狙いは僕にある、と。

「あくまで可能性、ですが。今回はおそらく狙われているのは僕でしょう」

僕がアリアの言葉に頷《うなず》くと、彼女はやや怒ったように眉間に皺《しわ》を寄せた。

「そういうことなら、もっと早く話してよ」

「あはは、それこそ話すようなことでは――」

「笑い事じゃない。先生が狙われてて、敵が来てる。それなら、わたしのことを頼るべき案件」

胸を張って、アリアはそんなことを言う。さらに、周囲を警戒するような仕草を見せて言葉を続ける。

「わたしなら敵の居場所を探れる。仮に交戦になったとしてもやれる可能性がある。先生に、いくらでも情報提供ができる」

「アリアさん、気持ちはありがたいですが――」

「先生はわたしを助けてくれて、わたしは先生を助けないなんて不公平。先生が嫌がっても、わたしは勝手に先生の手伝いができるよ」

……それはある意味、脅しにも聞こえた。アリアならばそれができる――僕もよく理解していることだ。

早い話、僕が協力を求めなくても、アリアが自ら調べて僕に情報を提供する、そう言っている。

それならば、結局のところ協力してもらった方がいい――そう、僕に言わせるつもりなのだろう。

「敵は剣客衆です。アリアさんも一度、交戦していますね？」

「うん。わたしなら、戦えるよ」

僕が確認するように問いかけても、アリアはそうはっきりと答える。引き下がるつもりなどない、そういう答えだった。

僕は肩をすくめて、それでもアリアの決意を受けて頷く。

「……分かりました。ですが、君に単独で調査を依頼したりはしません。僕の指示に従って動くこと――それが条件です。むやみに危険なことに首を突っ込んだり、危険だと感じる場所に行ったりしてはいけません。それができるのであれば、協力してもらいます」

「分かった。わたしはイリスとは違うから」

アリアはイリスを引き合いに出してそんなことを言うが、僕からすればどちらもあまり変わらない。誰かのために動くと決めれば、平気で命を投げ出すようなタイプだ。

この若さでそれができるのはすごいことではあるが、故に心配でもある。……だから、監視の意味も込めて僕の傍《そば》に置くのが一番いいだろう。

「……ところで、そのイリスさんが戻ってくるのを待ってもらうために、海辺にいてもらったのですが。イリスさんは飲み物を買いに行っているんですよね？」

「中々戻ってこないから、先生のところに来た。ひょっとしたら、こっちに向かう先生の姿を見たんじゃないかなって」

「なるほど。では、まずはイリスさんを迎えに行くとしますか。この付近で問題が起こった以上、彼女を一人にしておくのは危険です。アリアさんは、海岸沿いでそれとなく警戒に当たってください。何かあれば、すぐに僕に報《しら》せを」

「分かった。イリスにはこのこと、報せるの？」

アリアがそんな問いかけをする。……アリア自身は僕のことを心配しているが、この事実をイリスに報せるとなるとまた別だ。

「いえ、イリスさんに報せるつもりはありません――それは、君も同じ気持ちのはずですよね？」

「……うん。イリスはこういうこと知ると、危ないことするから」

「それをアリアさんが言いますか。相変わらず、難儀な子達ですね」

小さく息を吐いて、僕は呟《つぶや》くように言った。

剣客衆が動き出している――こちらも、そろそろ動き出さなければならないようだ。

＊＊＊

イリスはノウェに連れられて、人通りの少ない路地裏までやってきていた。

周囲の視線を気にする必要はなくなったが、ここはここで少し落ち着かない。

だが、ノウェは正確な占いを行うためには道具が必要だと言う。

この辺りで、ノウェはよく占いをしているということだった。

（……でも、先生とのことを占ってもらおうだなんて、私もどうかしてるわ）

ここまでやってきて、その事実に嘆息する。

イリスが今、占ってもらおうとしているのは、アルタとのことだ。

アルタはイリスに何か隠し事をしている――それは分かっている。

占いで、その『隠し事』について知るつもりはないし、知れるとも思っていない。

（ただ、たまにはこういうのもいいかなーって思っただけ。そうよ……軽く話して早く戻らないと）

アリアの飲み物を買いに行く約束もしている――あまり時間をかけるわけにはいかなかった。

「あの、どこまで行くんですか？」

「ウフフ、もう少しですよ」

イリスの問いかけに、ノウェが振り返ることなく答える。

それから少し歩いていくと、ようやく小さな占いの店が目に入った。

「さ、そちらに」

ノウェに促されて、イリスは対面に座る。

占いの店らしく、水晶やカードといったものが、視界に入ってくる。

イリス自身、占いに詳しいわけではないが、どういうことをするのかは知っている。

たとえば手相を見る、というのがシンプルでありがちなものだ。

「では、早速占いを始めたいと思うのですが……貴女《あなた》のお名前を聞かせてもらっても？」

「……イリス・ラインフェルです」

「イリスさん、ですね。では、想《おも》い人の話を聞かせてください」

「で、ですから……想い人ではないです」

「ウフフ、そのお方との関係は？」

「関係……？」

ノウェに尋ねられて、イリスは少し考え込む。

今のイリスとアルタの関係は『生徒と教師』であり、『護衛対象と護衛の騎士』でもある。

だが、それ以上にイリスが大事にしているのは、

「『剣の師と弟子』、です」

その関係であった。

イリスに剣を教えてくれて、より高みへと導いてくれる存在。きっと彼がいなければ、イリスは今ここにいない。

それは守られたからでもあるが……剣士としても経験を積ませてもらっているという実感がある。

アリアを助け出す時もそうだ——負けたと思ったけれど、アルタが背中を押してくれたから、まだ戦えた。

「師匠と弟子……なるほど。では、そのお方との相性を占いましょうか？」

「相性、ですか」

「ウフフ、そうです。本来ならば二人の手相を見る必要がありますが、身体的特徴からでも占うことはできます。貴女の師匠は、どんな人物ですか？」

「えっと、私より背が低くて、黒髪で、少し女の子っぽい顔立ちをしていて……そういう情報でいいですか？」

色々と羅列しようとしたが、不意に不安になってイリスは問いかける。

アルタの外見について話していたのだが、なんだか妙に恥ずかしくなってきた。そう思っているのだと自覚するのが、イリスにとってはなんだか気恥ずかしい。

ノウェがにこりと笑みを浮かべて、頷く。

「エエ、それで構いません。今ので大体確認できました」

「もう占——っ！」

イリスはすぐに、その異変に気が付いた。

ノウェの表情は変わっていない。にこやかで、優しげな笑みを浮かべたまま……けれども、言い知れぬ不安を覚える。

かつて何度か味わった感覚——これは、殺気だ。

「ウフフ、少し遅かったわね？」

ピタリ、とイリスの喉元に刃《やいば》が突き立てられる。

イリスは動きを止めた。刃が伸びているのは、テーブルの下からだ。

「……何者なの、あなた」

「ウフフ……『占い師』なのは本当。けれど、私はノウェ・レーシンではないの。貴女がそれを知らなかったから、自《おの》ずと外部から来た人間であることは分かったわ。あれだけの騎士がいる中で、接触するのは中々大変だったけれど……さっきの答えで確信したわ。貴女が、アルタ・シュヴァイツが護衛している《剣聖姫《けんせいき》》ね？」

「——」

イリスは驚きに目を見開く。

目の前にいる女性はノウェ・レーシンではない誰か。そして、ノウェを名乗る女性は、アルタとイリスのことを探るような話し方をしている。

「私に何か用があるの？」

「貴女に用があるわけじゃないの。けれど、貴女を使ってアルタ・シュヴァイツを誘《おび》き寄せたいの」

「シュヴァイツ先生を……？」

「エエ、誰にも邪魔されることなく、私が彼を殺すために。だから、貴女の『身体《からだ》の一部』でも送れば……アルタ・シュヴァイツも従ってくれるかしらね？」

ツウッとイリスの肌を撫《な》でるようにしながら、刃先が下へと流れていく。

イリスの水着の胸元を軽く切断し、はらりと胸を露《あらわ》にさせる。

――女性の目的は、ノウェという占い師に成り済まし、アルタを呼び出すことだ。

イリスにではなく、アルタに用がある……それが分かった以上、イリスもただおとなしく捕まるつもりはない。

「残念だけれど、そんなことで先生は来ないわ」

「ウフフ……子供ながらに学校の先生もしているのよね。子供先生で《剣聖姫》の護衛……私が持っている情報はとても少なくて……けれど、貴女がイリスという名前で、『黒髪の少年』の話をするのなら、間違いなくアルタ・シュヴァイツのことだと分かるわ。貴女のことを守る騎士が、果たして貴女のピンチに駆けつけないのかしら？」

女性はアルタの特徴をいくらか知っているようだ。何者か分からないが、イリスは女性を睨《にら》む。

そしてその言葉から――彼女の狙いがアルタであるということも、理解できた。

「ええ、私も……自分の身くらい守れるもの！」

「――！」

言葉と同時に、イリスがテーブルを蹴り上げて、後方へと跳ぶ。サンッと小気味よい音と共に、女性はテーブルを斬り裂いた。わずかな痛みが、イリスの足元に走る。

（……っ、斬られた。けれど、深い傷じゃない）

イリスは怪我《けが》を確認するよりも先に、臨戦態勢に入る。右手に魔力を集約し、イリスは《紫電《しでん》》を呼び出した。

すらりと、紫色に輝く刀身が姿を現し、イリスの周囲に雷を呼び起こす。

パリパリと音を鳴らしながら、イリスは女性に刃先を向けた。

「何者か知らないけれど、少なくともあなたが先生を狙っていることは分かったわ。だから、拘束させてもらうわよ」

「騎士みたいなことを言うのね？　勝気な女の子は好きよ……屈服させたくなっちゃうもの」

先ほどの言葉遣いとは打って変わって、妖艶な笑みを浮かべ、舌なめずりをしながら女性が全容を見せる。――先ほど、イリスの喉元に当てられていたのは、女性の膝から伸びる刃であった。

「……っ！」

「ウフフ……そんなに驚いた顔をしないで。まだまだこれからよ？　剣客衆が一人――ラスティーユ・トメルネーマが、躾《しつ》けてあげる」

「剣客衆、ですって……？」

イリスの紫電を握る力が強くなる。突然の襲撃は――かつての因縁の組織であった。

イリスは間合いを確かめながら、傷の状態を改めて確認する。そちらに視線を送ることはなく、踏み締めるようにして一歩。

時折鋭い痛みはあるが、踏み込みには何も問題ない。出血も、伝う感覚がほんの少しある程度だ。

そこまで確認するのは、相手が《剣客衆》を名乗ったからである。

初撃の傷さえ、致命の一撃になりかねない。そういう相手だと、イリスはよく知っていた。

女性――ラスティーユはゆらりと身体を揺らすようにして、一歩前に出る。同時に、膝から生えたような刃がずるりと、身体の中へと戻っていく。

剣客衆は、真っ当に剣術で戦う者ばかりではない。ラスティーユが『そういうタイプ』であることは、容易に理解できた。

「いい集中力ね。とても子供とは思えないわ。だからかしらね……『死相』が見えるわ」

「……それは脅しのつもり？」

「ウフフ……」

その程度のことで、イリスは動揺しない。《紫電》の柄《つか》を握り締めて、イリスはまた一

歩、摺《す》るように踏み出す。

ラスティーユがわずかに腰を落とし——先に動いたのは彼女の方であった。

「——」

一呼吸の間に、身を屈《かが》めたラスティーユがイリスとの距離を詰める。彼女が振りかざしたのは右手。掌《てのひら》から飛び出してきたのは、『一本の刃』だ。

キィン、と金属音が鳴り響く。同時に、イリスの握る紫電が纏《まと》う雷が、ラスティーユへと流れていく。

ビクリと一瞬、身体を震わせるが、

「ウフフ」

「っ！」

何事もなかったようにラスティーユが笑い、左手を振るう。右手を同じように刃が掌から生え、イリスは弾《はじ》くように跳んで距離を取った。

ヒュンッと風を切るような音と共に、イリスは剣を振るい、

「《飛雷》」

紫電の纏った雷が《魔力の刃》となって、飛翔《ひしょう》する。ラスティーユはやや驚いた表情をしながらも、身を翻してそれを回避する。

（さすがに、この距離でも当たらないのね）

「中距離での攻撃……少し驚いたわ。『純粋な剣士』だと思っていたから」

「そうね、少し前まではそうだったわ。けれど、私も学習するのよ」

戦闘において、剣士ならば距離を詰める必要がある。だが、イリスの師であるアルタは剣士でありながらも、中距離以上での戦闘を『風の刃』で実現している。

イリスは牽制《けんせい》程度にしか使っていなかったが、今回こうして『技』として完成させたのだ。

剣客衆を相手に繰り出して、それを手応えとして感じている。以前のような恐怖はない――イリスは、《剣聖姫》としてここに立っている。

「あなたのその身体は、普通の人間のものではないわね」

「ウフフ、『見れば分かる』わよね。そう……この身体の一部は改造しているの。人体に馴染《なじ》みやすい『自然の刃』……『魔物の刃』と言えば分かるかしら？」

「魔物の……」

イリスはわずかに眉をひそめる。

ラスティーユが文字通り『身体から生やしている』のは、自然界に生きる魔物の刃。

おそらくは、虫の類の魔物の一部を使っているのだろう――明らかに異常な治癒力があり、身体の作りは《合成獣》と呼ばれるもの。

すなわち、ラスティーユは人間でありながら、『魔法実験』を自らの身体に施している。

あるいは施されているのか……剣客衆の中に事情のある過去を持つ者がいることは、イリス自身、アルタから聞いている。

だが、そうだとしても――異常な殺戮《さつりく》が許される理由にはならない。

イリスは騎士ではないが、騎士を目指す者として、彼女を止める義務があった。

「……まだまだ刃はたくさんあるわ。ほら、こんなところからも」

ラスティーユが自らの腹部を撫でると、鋭い音と共に三本の刃が飛び出してくる。

明らかに異様な光景だが、イリスにはその行為自体、動揺を誘うためのものだと理解できている。

「すぅ……」

小さく――それでいて深く、イリスは息を吸った。身体に酸素を巡らせて、自らの動きをイメージする。

「――参ります」

宣言と共に、今度はイリスが動いた。

迷いなく、全身凶器であるラスティーユとの距離を詰める。

彼女の間合いは最初の行動からも分かる――武器こそ搦め手《からて》のようなものだが、シンプルに接近戦を得意としているのだ。

あえて、その土俵にイリスは踏み込んでいく――接近戦は、イリスも得意とするものだ。

刃《やいば》を地面に滑らせるようにしてから、剣を振り上げる。ラスティーユが右手の刃でそれを防ぎ、左手を振り上げる。――イリスはさらに踏み出して、ラスティーユの左手首を摑《つか》んだ。

「！」

さらに右手の刃を弾くと、イリスは紫電を逆手に持ち替える。瞬間、ラスティーユが足を上げた。

再びイリスが距離を取ると、ラスティーユの足先からも刃が伸びる。

にやりと、ラスティーユが笑みを浮かべた。

「……ウフフ、まるで分かっているかのような動き――殺気だけで、私の身体《からだ》のどこから刃が出るか、分かるようね？」

「ええ、おおよそは」

以前のアルタとの修行が役に立っている。研ぎ澄まされた感覚は、ラスティーユのような暗器を使うタイプとの戦いにも十分通用した。

「それと、まずは一本」

「――」

イリスの言葉と共に、ラスティーユの右手の刃がピキリと折れる。

初めて、ラスティーユは驚きの表情を浮かべた。

「防がれると分かっていて、振っているわけじゃないの。確実に壊させてもらったわよ」

イリスの一振り……そこには、静かだが確実な一撃を加えるための魔力が込められていた。雷を受けても怯《ひる》まないラスティーユであったが、彼女の扱う刃自体は魔物の一部――イリスに折れないものではない。

「ウフフ……フフッ、面白いわ。貴女《あなた》、強いのね。なら、私も――!」

「……?」

ここから本当の戦いが始まる――イリスはそう予感したのだが、ラスティーユは不意に空を見上げた。

イリスは視線を逸《そ》らさない。そこにあるのは、照りつける太陽だけのはずだ。

だが、ラスティーユは妖艶な笑みを浮かべると、

「なるほど……死相の理由はこれね」

悟ったように、呟《つぶや》いた。

「何を――」

「にひっ」

イリスの言葉を遮って、耳に届いたのは少女の声。次の瞬間、流星のごとく姿を現した少女は、一切迷いのない一撃で――ラスティーユの首を刎《は》ね飛ばしたのだ。

舞い散る鮮血の中、少女は刀を振るって血を払う。

「な……!?」

「横槍《よこやり》はあんまり好きじゃないんだけど……ま、仕方ないよね！　これが『契約』だから」

着物姿の少女は鮮血を浴びながら、笑顔でそんなことを言い放ったのだった。

＊＊＊

イリスはすぐに臨戦態勢を解かなかった——否、解けなかった。

突如として目の前に現れた少女は、倒れ伏したラスティーユに目もくれず、

口元に三日月のような笑みを浮かべて、そんなことを口走る。その数が何を意味しているのか分からなかったが、ようやく少女がイリスの方に視線を向ける。

「にひっ、これで『二人目』だね」

イリスは《紫電》の柄を強く握り、構えた。

「……あなた、一体何者？」

「人に名前を聞くならさぁ、自分から名乗ったら？」

少女が肩をすくめて言い放った。

イリスに比べて、少女はまだ臨戦態勢という状態ではない。ただし、刀は抜いたままだ。

ピリピリと、肌に感じるのは殺気なのか——しばしの静寂の後、イリスは小さく息を吐

いて名乗る。

「……イリス・ラインフェルよ」

「！　イリス……？　イリスって、《剣聖姫《けんせいき》》？」

「ええ、そう呼ばれているわ」

「ああ、そっか！　なら、いいや！」

少女はそう言うと、不意に刀を上空に放り投げる。その刀は綺麗《きれい》に回転しながら、少女の鞘《さや》へと納まった。まるで自分の体の一部のように――いや、それ以上に刀を自由に扱っている。

……確かに少女の一撃は、不意打ちではあった。

だが、《剣客衆》のラスティーユは攻撃を受ける直前に、彼女の存在に気付いていたはずだ。

イリスも防げるかどうか分からないほどの威力と速さを持った一撃で、彼女は剣客衆を葬り去ったのである。

少女が刀を納めても、イリスはまだ臨戦態勢のままだった。

「そんなに警戒しないでよ。あたしはルイノ・トムラ――あなたの味方だからさ」

「味方……？　どういうことよ」

「にひっ、言葉のままの意味だよ。あなたの仲間――あたしは、あなたには危害を加えるつもりはないの！」

先ほどまでとは打って変わって、年相応の少女らしい笑みを浮かべるルイノ。

だが、イリスはその発言の中に含まれる『言葉』を聞き逃さなかった。

「『あなたには』ってことは、『他の誰か』を狙っているってこと？」

「！　あー、そういう意味にも取られちゃうかな。それより、あなたのその服装は趣味？」

「服装って――！」

イリスは指摘されて、焦ったように胸を隠す。最初にラスティーユによって水着は斬られていた。ルイノ以上に胸元がはだけてしまっているという事実に気付かされる。それでも改めて、イリスはルイノに言い放つ。

「……先に言っておくけれど、いきなり現れて、こんなことをしたあなたを信用しろっていうのは無理よ」

「『こんなこと』？　それって、この剣客衆の首を刎ね飛ばしたこと？」

ルイノが首をかしげる。

イリスと同じくらいの年齢なのに、なんの迷いもなく人が殺せる――それだけで、イリスからすれば、ルイノは異常であった。ルイノが何者かの依頼を受けてここにいるのは分かるが、味方を名乗る彼女の存在は益々《ますます》理解できなかった。

ルイノがくすりと笑いながら、言葉を続ける。

「もしかして……あなた、人を殺したこと……ないの？」

「っ！　当たり前でしょう！　そんなこと、簡単にやれるものじゃ――」

「なーんだ。剣聖姫なんて呼ばれてるから、何人か斬ったことあるのかと思った。それじゃあ、あなたはなんのために剣を握ってるの？」

「なんのためって……今はそんな話――」

「大事なことだよ。だって、あなたはあたしに対して剣を向けたままなんだもんっ。どうして殺す気もないのに、剣を向けてるの？」

「……仮に殺す気がなかったとしても、あなたは私からすれば不審な相手でしかない、それだけよ。だから、場合によっては捕らえるわ」

「にひっ、そっかそっか！　やっぱり殺す気はないんだっ！　にひひっ、それじゃあさぁ……たとえば、あたしがアルタ・シュヴァイツを殺すつもりで来たって言ったら、どうするの？」

「――」

ルイノの発言を聞いて、イリスの表情は怒りに満ちたものになる。

すぐにでも駆け出して斬り伏せたい――その衝動を抑えて、イリスは冷静にルイノと向き合った。

「シュヴァイツ先生の名前を出すってことは、あなたは先生の知り合い？」

「んーん、知り合いでもなんでもないよ。ま、王国の騎士団とは協力関係にあるけどね」

「騎士と協力……？　あなたが？」

「にひっ、そういうこと。騎士団長とかいう人も来てるから、後で聞いてみてよ。でも、残念だなぁ……」

ルイノが興味を失ったように、イリスに背を向けて歩き出す。

イリスはすぐにルイノを止めようと動き出すが、瞬間――紫電《しでん》の剣先にわざと、ルイノは振り返って胸元を当てた。反射的に動きを止めて、ルイノに刃を突き立ててしまうのを防ぐ。

そんなイリスを見て、ルイノが冷ややかな表情を浮かべる。

「なんでやめたの？」

「な、なんでって……」

「今、あたしを止めるために動いたんだよね？　それなのに、あなたは今、あたしを斬れなかった。こんなに無防備で、簡単に殺せるようにしてあげたのに。だから、残念だって言ったの。あなたの戦いは離れたところから見てたよ。十分に強いけど……ただそれだけ。そこに相手を殺すっていう明確な意思がないもん。それじゃあ、ダメだよ。剣を握って戦うのなら、相手を殺すつもりでないと」

「……必要があれば、そうするわ」

「今はそうする必要がないって？　あたしは『アルタ・シュヴァイツを殺すつもりで来た』って明確に宣言したのに？　にひっ、だから甘いって言うの！　本当は少しくらい、戦ってみてもいいかなーって思ったんだけど……あなたはいいや。自分のために剣を振るわない人に、興味はないよ。あなたは、弱い人間だね」

ルイノはそう言い切ると、再びくるりと反転して背を向ける。

ルイノの言葉は、イリスを否定するものだった。確かに、イリスの剣は相手を殺そうとするものではない。

今までも、相手を殺すつもりがあったわけではない。イリスの剣はあくまで、『誰かを守るための剣』だからだ。

ルイノが否定しているのは、イリスの生き方そのものであった。

「ま、待ちなさい！　このままあなたを放っておくわけには――」

ヒュンッと、風を切る音がイリスの耳に届く。

ルイノが再び、刀を抜き放ったのだ。イリスに刃先を向けて、睨《にら》みつけるように言い放つ。

「あたしはね、あたしのためにしか刀を振らない。あなたみたいに、『必要に応じて』なんて甘い戦いをするつもりはないの。戦うと決めたら、それは『死合』しかない。それができないのなら、邪魔しないでよ」

「……っ」

互いに武器を向けているが、ここでイリスが踏み出せば、それは殺し合いに発展する。少なくとも、ルイノという少女がそれを望んでいることが、イリスには分かる。

不意打ちとはいえ剣客衆を軽々と葬り去った彼女を、果たして捕らえられるか――イリスには、迷いがあった。

その迷いを見透かしたように、ルイノが刀を鞘に納めて去っていく。……もう一度仕掛ければ、今度は確実に殺し合いとなる。

「私は……」

……今のイリスは、『誰かを守るため』に剣を振るう。

ルイノと戦えば、ただの殺し合いにしかならない――そう、イリスにも予感させた。彼女がイリスの敵である剣客衆を打ち倒したことは事実であり、それが現実だ。

迷いながらも、イリスがルイノを止めるために一歩踏み出そうとした時、

「イリスさん、無事ですか！」

「！　シュヴァイツ、先生……!?」

背後からアルタの声が耳に届き、イリスは驚きながら振り返る。

先ほどのルイノの発言を思い出し、すぐにイリスは臨戦態勢に入るが――ルイノがいた方向に視線を送ると、そこに彼女の姿はなかった。

＊＊＊

現場は遅れてやってきた騎士達《たち》に任せて、僕はイリスから話を聞くことにした。

水着を切られ、胸が露《あらわ》になっている彼女には、一先《ひとま》ず羽織る物を渡した。

――僕が到着した時には、すでに戦いの決着はついていた。

一撃で首を刎ねられた、《剣客衆》の死体。目まぐるしいと言えるほどに、状況は刻々と変化している。

先ほど、ラスティーユという女性が殺した占い師の死体を発見したばかりだというのに、今度はそのラスティーユがイリスと戦い、そして死んだ。

だが、ラスティーユを殺したのはイリスではないという――僕が到着する前に、別の誰かがそこにいたことは、僕にも分かっている。

「……上から、降ってくるみたいに、刀で一撃でした」

イリスはそう、状況を振り返る。

ラスティーユを殺したのは、刀使いの着物の少女。イリスの前に姿を現したその少女は、僕がやってくるのと同時に姿を消したらしい。

「その子が剣客衆を一撃で……なるほど。相手の実力は分かりませんが、少なくとも剣客衆の一人をたった一撃で倒したとなると、相当な手練《てだ》れですね」

「……はい。止めようとしたんですが、彼女は『止めるのなら殺し合い』、そういうつもりだったみたいで」

「それなら、イリスさんは手を出さなくて正解ですよ。剣客衆にせよ、警戒すべき相手でしょうね」

「……あの、シュヴァイツ先生。先生は、剣客衆がこの町にいることを、知っていたんですよね？」

　イリスが悩むような表情を見せながら、問いかけてくる。

　先ほどアリアと、イリスには今の状況について話さないつもりだと話し合ったばかりなのに、まさかここでイリスが剣客衆と戦うことになるとは予想もしていなかった。

　剣客衆も、イリスを殺害するために狙ったわけではなく、僕を呼び出すためにイリスを人質にしようとして、失敗したらしい。

　つまり、これで剣客衆の狙いが僕であることが確定した。

　それだけでもかなり動きやすくはなるのだが……現状、僕の仕事は終わってしまったことになる。

「そうですね、今となっては、隠しても仕方のないことです。この町にいる剣客衆の対応――それが、今回の僕の任務でした。結果的に、任務は強制終了という形になってしまいましたが」

「……そう、ですか」

僕の答えを聞いても、イリスはどこか上の空だ。

まるで、彼女も僕に何かを隠しているかのように。

「イリスさん、先ほどの着物の少女ですが、名前はルイノ・トムラですか？」

「！　先生、彼女を知っているんですか⁉」

イリスが驚きの表情を浮かべて言う。少女——ルイノはイリスに名乗っていたようだ。

そして、イリスの前に現れて、剣客衆を倒したのはルイノ本人……《ベルバスタ要塞》でも、ロウエル・クルエスターという剣客衆を葬り去っている。

「知らない、と言えば嘘《うそ》になりますが、僕も詳しく知っているわけではありません。これは本当です。ただ、そのルイノという少女は別の場所でも剣客衆を殺害しています」

「剣客衆を……？　その、先生。ここでは少し言いにくいことなんですけれど……」

ちらりと、イリスが周囲を確認するような仕草を見せる。

周囲の騎士達には聞かれたくないことなのかと思い、僕はイリスの傍《そば》に寄った。

小さな声で、僕はイリスと会話する。

「どうしました？」

「ルイノは、『騎士団と協力関係にある』と言っていました。でも、先生はご存じないんですよね？」

「……騎士団と？」

それは初耳だ。ルイノの情報は、レミィルから聞いた簡単なものと、たった今イリスから聞いたものしかない。

ルイノが突然この海辺の町にやってきて剣客衆を殺した――確かに、彼女が剣客衆を狙っているのだとしたら、不思議ではない行動だが……。

問題は何故《なぜ》、彼女がここに剣客衆がいることを知っていたか、だ。

「――その件については、私から話した方がいいかな？」

「！」

声のした方向を睨むように、イリスが立ち上がる。だが、すぐにその表情は驚きに変わる。

僕も、少し驚きながらその女性を見た。

「エインさん……？　どうしてここに？」

「お久しぶりです、ラインフェル嬢。まずはすぐに替えの服を用意させますので、もうしばらくお待ちを」

「ありがとうございます。ですが、それよりも話というのは……？」

「ルイノの件、団長は知らないような話でしたが……何か事態が変わった、ということですか」

「ああ。アルタ、君に話をしてから状況が変わった――《黒狼騎士団《こくろう》》団長の責任の下、ルイノ・トムラは今、私達騎士団と協力関係にある。それは事実だ」

「『二人目』っていうのは、剣客衆の数……。ルイノが言ったことは本当だったんですね……」

イリスはどこか浮かない顔をして呟《つぶや》く。他に何か気掛かりなことでもあるのか――だが、今はルイノの話だ。

「協力関係ということは、ここに団長が来たのは、ラスティーユという剣客衆を倒すため、ですか？　それでは、僕をここに派遣したことと矛盾するように思いますが」

「その点についても説明しなければならないが……私からも聞きたいことがある。アルタ、君は本当にルイノ・トムラを知らないのか？　以前話した時の反応が気になっていてね。君は、少なくとも『トムラ』という名に心当たりがあるんじゃないのか？」

鋭い目つきで、レミィルが言う。

この前の僕の反応が気掛かりだったようだ。僕も咄嗟《とっさ》のことで反応してしまったが、今となっては、それがレミィルに疑念を抱かせてしまっているらしい。

なんてことはない……ただ、『前世で知っている』というだけなのだが、それを正直に伝えるわけにもいかない。

「トムラという人物には心当たりはありますが、それだけです。彼女のことを知っているわけでもないし、おそらく人違いかと」

「……そうか。私も、君のことは信頼している——これ以上は言及しない。今の状況について、話しておこう。現状、残る剣客衆は四人。一人は王都に直接やってきた」

「！　王都に……!?」

レミィルの言葉を聞いて、イリスが驚く。

各地に散らばっていた剣客衆が、王都にまで足を伸ばしたということだ。

だが、今の話でなんとなく状況を察することができた。

王都にやってきたのは剣客衆だけでなく、ルイノもだろう。

そして、ルイノとレミィルは協力関係を結んだ。

何故、ここにルイノとレミィルがいるのかも、それで説明がつく。

王都にいる剣客衆を誘《おび》き出すため……イリスが先ほど呟いた言葉『二人目』は、ルイノが殺した剣客衆の数を示している。

——現状は変わっていない。王都にやってきた剣客衆は、ルイノによって殺されていないのだ。この町には、まだ他に剣客衆がいる。

＊＊＊

少女――ルイノは飛ぶように移動を続け、やがて町外れまでやってくると、ピタリと足を止めて振り返る。

小さく息を吐き、腰に下げた刀の柄《つか》に触れる。

やがて、くすりと笑いながら、

「危ない危ないっ！　あそこで出会ってたら、問答無用で斬り合ってたところだよー」

吐き出すように言った。

イリスに足止めされている間にやってきた『彼』。姿は見えなくても、ルイノには分かる。

イリスの下にやってきた彼からは、常人とは比べ物にならない異様な圧を感じた。

《剣客衆》を半ば不意打ちのように殺し、イリスとも斬り合わなかったルイノは、不完全燃焼の状態にある。

今、この状態でアルタ・シュヴァイツと会うのは――まずいと判断した。

もしもあの場で会っていたら、問答無用で斬り合うことになっていただろう。

もちろん、その選択肢もルイノにないわけではなかった。

元々の狙いはアルタ・シュヴァイツであり、剣客衆は今のルイノにとっておまけ程度でしかない。

「でも、約束は約束だからねー。まずは剣客衆……あいつらさえいなくなれば、万全な状態で戦える――にひっ。あーあ、こんなことなら全員殺《や》っとけばよかったかなぁ。一人には逃げられるし、それと《剣聖姫《けんせいき》》」

もう一人の『邪魔者』の存在が、ルイノの脳裏を過《よぎ》った。

ルイノはまた、先ほどのことを思い出す。

剣客衆との戦いを、ルイノは遠巻きに確認していた。

剣術だけで言えば、イリスは十分に強い――それこそ、ルイノが戦ってもいいと思えるくらいには。

だが、今のイリスでは物足りなかった。

ルイノに対して明確な殺意を持たない……紛れもない剣士でありながら、彼女の剣は『紛《まが》い物《もの》』である――そう、断定する。

迷わずルイノの胸に剣を突き立て刺し殺す殺意を持っているのならば、彼女はなんと言おうがルイノの敵となり得る剣士である。

しかし、彼女は迫るルイノに対して、剣を止めた。

わざわざ突き刺しやすくしたというのに、急所を晒《さら》してやったというのに――それでもイリスはルイノを殺さなかった。

ルイノが味方だと言ったからか、あるいは人を殺す覚悟が足りないのか。

どのみち、イリスは自分のためではなく、他人のために剣を振るうのだ。それが、ルイノにはよく分かった。

「実力はあるみたいだけど……『覚悟』が足りてないよ。そんなんじゃ、あたしにとってあなたは『弱者』でしかない。それに、剣も刀もそう――自分のために振らないと。でも、素質はあるかもね」

にやりと、ルイノは笑みを浮かべる。

ルイノの去り際に、なおもイリスは一歩前に踏み出そうとした。ルイノが『殺し合い』になることを示唆したにも拘《かか》わらず、だ。

故に、まだイリスには可能性がある。

もう少し刺激してやれば、イリスは確実にルイノと戦う道を選ぶだろう。

そうなれば――彼女もまた、ルイノが戦うべき相手となる。

もしも彼女が、明確な殺意を持ってルイノと戦う気になれば、それは最高の殺し合いになると予感させる。

剣聖姫――剣聖の名を冠するだけの剣術ならば、ルイノが斬り伏せる相手として相応《ふさわ》しい。

ルイノの生きる道に、『強い者』はいくらでも現れてくれる。

その者達《たち》を全て斬り伏せることこそ、ルイノの目的であった。

「にひっ、惜しかったなぁ。あと少しで、『死合』ができたかもしれないのに……。ま、いっか！　また後で、だね」

腰に下げた刀の柄に触れて、ルイノは駆け出す。気持ちを発散させるため――そしてあわよくば、剣客衆を見つけ出して仕留めるために。

＊＊＊

夜、ゼナス・ラーディは一人、森の中にいた。

手に剣を握ったまま、月明かりだけが頼りとなる暗い道を歩く。

目的地は海辺の町――《リレイ》。ザッ、ザッと足音を立てて、迷いのない足取りで進む。

王都で一戦を交えたゼナスであったが、ルイノが王国の騎士団と協力したことで方針を変えた。……一時、撤退するという道。

《剣客衆》の多くは、その道を選ばないだろう。

その日、その時――戦うと決めたのならば、そこが『死に場所』。

そういう連中が集まって、圧倒的なまでの戦力となった。

だが、その戦力も……すでに半分を失っている。

「……」

ゼナスが歩を進めていると、すぐ近くから《魔物》の気配を感じた。

森の中に入ってから、ずっとそうだ。

特に、夜の森は魔物の数が多く、たとえ馬車に乗っていたとしても、進む者はいないだろう。

ましてや生身でなどもってのほか。それができるのが、ゼナスという男である。

魔物はゼナスの方を見ている——そんな視線を気にすることもなく、真っすぐに町を目指した。

そこに、ゼナスの目的がある。

「ガラァッ！」

「——邪魔、だ」

瞬間、飛び出してきたのは《狼《おおかみ》》の魔物。ゼナスは狼の方向を見ることなく、握った剣を振るう。狼の首は切断され、宙を舞う。

鮮血が周囲に飛び散るが、ゼナスの持つ真っ赤な剣の色は変わることなく、ただ剣から色落ちでもしているかのように、赤い水滴だけが垂れる。

血を拭うこともせず、そのまま歩みを進めようとするが——今度は別の何かに気付いて、その方向を見た。

「……まさか、こんなところで、合流するとは、な」

視線の先——そこに見えたのは人影。襲ってきた狼にすら視線を向けないゼナスが、その人影には声をかける。

ゼナスの前に立ったのは、一人の男だった。

「まあねぇ……今、《剣客衆》を纏《まと》められる奴《やつ》はいないわけでしょうよ？　そうなったら、仕方ないからとりあえず、オジサンが代理を務めるしかないわけじゃない？」

姿を現したのは、困ったような笑みを浮かべる初老の男。雑に生やした髭《ひげ》を撫《な》でて、ゼナスの目指す先に視線を送る。

「アルタ・シュヴァイツはこの先、か。やれやれ……剣客衆を一人で四人も倒した騎士だよ？　ラスティーユちゃんだって、とっくに倒されちゃったんじゃないかい？　正直、私はもうアルタ・シュヴァイツを狙うの、やめた方がいいと思うんだよねぇ」

弱気な発言をする初老の男。仮にも剣客衆という組織に属しながら、これほど後ろ向きな発言をする者は他にいないだろう。

他のメンバーが聞けば、すぐにでも『処理』しているかもしれない。

だが、ゼナスはその発言を聞いても怒るような素振りは見せず、視線を目的地の方へと向ける。

「……かも、しれないな。だが、俺の狙いは、そいつじゃない」

「んー？　それって、もしかして……ロウエルを殺った子ってことかい？」

「そう、だ。ロウエルを殺した、あいつを……俺は必ず、殺す」

「君、ロウエルと仲良かったもんねぇ。剣客衆でも珍しい——いや、それこそアディル君とフィスちゃんもそうだったかな」

「ロウエルは、俺の友……だった。アルタ・シュヴァイツは、そのあとに、剣客衆に入った、から。だから、俺はそいつだけは、許さない。アルタ・シュヴァイツは、そのあとに、殺す」

「なんだ、結局そっちも狙うのかい？　本当に、難儀な子達だねぇ……」

「あんたは、どうする？　あんたなら、アルタ・シュヴァイツも殺せるんじゃ、ないか？」

　ゼナスは問いかける。

　それは、言葉通りの意味であった。ゼナスは目の前にいる男を殺さないのではない——自分よりも『遥《はる》かに強い男』の言葉など、ゼナスからすればただ面倒事を嫌っているようにしか思えなかった。

「どうだろうねぇ。剣客衆って組織は、仮にもあのアディル君が強者《つわもの》を集めたんだよ？　そのうち四人も倒しちゃうくらいだし……私にそんなことできるかねぇ。最近は腰が痛くて痛くて……アタタタ」

　腰に手を当てながら言う男。白々しい——きっと、この男を知っている人間なら、そう言うだろう。ゼナスもまた、男の言葉に触れるようなことはしない。

「どうするかは、あんたに任せるよ。俺は、ロウエルの仇《かたき》だけは取るつもり、だ」

「んー、そうかい……。まあ、私も君を止めようと思って来たわけじゃないよ。他の二人にはもう連絡をつけてある——二人には、このまま別のところで王国とやり合ってもらうことにしたよ」

「それじゃあ、あんたは？」

「一緒に行くとも。こう見えて、私は仲間思いでね。歳《とし》のせいかもしれないけれどねぇ」

笑みを浮かべて、男は言った。

その言葉にゼナスは頷《うなず》くと、男と共に歩き始める。残る剣客衆は四人——その目的は、ルイノ・トムラとアルタ・シュヴァイツの殺害である。

第3章　過去と現在

生徒達には特に現状を知られることもなく、一日目を終えることになった。

僕とイリスは一先《ひとま》ずその場をレミィルと騎士に任せて、生徒達と合流。

アリアも特段深くは聞いてこなかったが、「後で聞かせて」と小声で念を押された。

そして、夜になってレミィルから先ほど……現状を聞いてきたところだ。

残る《剣客衆》は四人。一人はゼナス・ラーデイという、赤い剣を持つ男。

そいつが王都の《黒狼《こくろう》騎士団》を強襲した張本人であり、今の騎士団とルイノの協力関係を作った要因でもある。

ルイノ・トムラがここにやってきた理由についても、聞いてきた。

思っていたよりも、事態は単純だ。

剣客衆もルイノも、僕のことを狙っている——ゼナスについては、何故《なぜ》かルイノのことを追っている、とのことだが。

僕を狙っているだけならば……他人を守るよりもずっと気が楽だ。レミィルから話を聞き終えて、僕は宿に戻る。

レミィルは、この町にある支部に待機している。夜の間も、騎士達は生徒や町の安全の確保に尽力してくれることだろう。……ただ、少し考えることもある。

(僕を狙っているのであれば、選択肢には入るか)

「先生」

「！　アリアさん」

宿の前では、アリアが僕のことを待っていた。

黒のワンピースに身を包んだ彼女は、早々に僕の前まで近寄ってくると、

「話、聞かせてくれるんだよね？」

「もちろん、お話ししますよ」

アリアと、そしてイリスには――僕が話を聞いて伝えることになっている。

一応、僕も彼女達も学園の授業の一環でここにやってきているのだ。

周囲を確認するが、そこにいつも一緒にいるイリスの姿はない。

「イリスさんはどうしました？」

「……剣を振ってくるって。止めたけど、そんなに遠くには行かないって言うから」

アリアが海辺の方を見ながら言う。

この状況でも、イリスのやることは変わらない――いや、今だからこそ、『剣を振りたい』という気持ちが強いのかもしれない。

「町中《まちなか》には騎士達が配置についています。ですが……時間的に一人で出歩くのは感心できませんね」

「先生だってそうでしょ」

「僕は先生なので。では、イリスさんを迎えに行きましょうか」

「分かった」

　僕はアリアを連れて、町を歩き出す。街灯があるため町を歩く分には問題ないが、海辺の方になると暗く、先も見えなくなってくる。

　先ほどアリアの見ていた方向から察するに、イリスが向かったのはこちらだろう。

　アリアは僕の進む方向に、口出しすることもなく、ついてくる。

「イリスには、結局バレちゃったね」

「まさか、イリスさんが剣客衆と戦闘になっているとは思いませんでしたね。結果的には、話さざるを得なくなった、と言うべきでしょうか」

「……今回は、イリスを危険な目に遭わせたくなかったけど」

　アリアがポツリと、そんなことを呟《つぶや》く。

「仮に狙われているのが君だとすれば——君はまた、イリスさんに黙っておくつもりですか」

「先生には、言うつもりだよ。もう隠したりなんてしない。イリスにも……相談くらいは、すると思う」

　やや歯切れ悪く、アリアが答えた。『ノートリア』の一件があったからこそ、アリアにとってイリスは余計に『心配の種』なのかもしれない。

　イリスは確かに強い――だが、彼女はアリアを救うために、一度命を落としかけている。

　そして、逆にアリアも、イリスを守るために命を懸けている。

「君達《たち》は本当に、性格は似ていないのに似た者同士ですね」

「……そう？　わたしはイリスと違って無理はしない」

「あはは！、僕からすれば、どっちも無理をしやすいタイプなんですけどね」

「そんなことないよ。イリスには『逃げる』っていう選択肢がない。わたしにはある――これは、明確な違い」

　確かに、アリアの言うことは間違っていない。イリスはどんな相手だろうと『退《ひ》く』という選択をするタイプではない。

　他方、アリアはそういうこともできるタイプだろう。そこに、イリスが関わっていなければの話だけれど。

「アルタ先生は……《剣聖》って人だったんだよね？」

　不意に、アリアが問いかけてくる。

　それを教えてから、アリアが『その事実』について、尋ねてきたことはなかった。

「そうですよ。君にしか話していませんので、内密に」

「それは分かってる。その話って、イリスにはしないの？」

「別に、ひけらかすような話ではありませんから。それに、僕みたいな子供に剣聖だった男の記憶がある……そんなことをいきなり話したとして、信じますか？」

「イリスは信じるよ。わたしもそう。だから、話してくれたんでしょ？」

「……それもありますが、あの時は特に君に信頼される人間になるにはどうしたらいいか、そう考えていましたから。逆効果になったらどうしようかとも思いましたけどね」

「先生が強い理由が分かったから、信憑性《しんぴょうせい》はあるよ。でも、そのことに関してもそう。先生って、なんでも隠すタイプだから。今回のことも、この後ちゃんと話してくれる？」

「もちろん、現状についてお話ししますよ」

現在対応すべき相手については、情報を共有するつもりだ。いざ僕がいなくなったとしても、イリスとアリアならば対応できる。僕も、それくらいには彼女達を信頼している。

「……それだけじゃなくて、イリスが少し気にしてた」

「何をです？」

「イリスが会ったっていう、ルイノって子。その子とアルタ先生、面識があるんじゃないかって」

「ああ、そのことですか。ルイノという子のことは知りませんよ。それは事実です」

「じゃあ、『トムラ』も？」

「！」

アリアの問いかけに、僕は足を止める。彼女の表情は真剣だ——僕はそこで、ようやく問いかけの真意を理解する。

『ノートリア』と同様、『トムラ』についてもその姓に意味があるのではないか、そういうことなのだろう。

「そうですね……そういう意味でも、心配はありません。ただ、君になら少しだけ話してもいいかもしれませんね。剣聖であることを知っているわけですし」

「どういうこと？」

「別に、面白い話でもないですよ。ただ——僕のことを、勝手に『友』と呼んでいた男が、『トムラ』という姓であっただけです」

アルタ・シュヴァイツに関わることではない——それは、ラウル・イザルフに関わることなのだ。

だから、今回の件において、僕はルイノと関わりがないと言っていいだろう。

そもそも、ルイノが僕の知るトムラという男と関わりがあるかなんて、僕にも分からないのだから。

「それなら、ルイノって子が先生の友達と関わりがある可能性も？」

「あるかもしれませんね。ですが、それもまた今回の件とは関係ありません。その点については心配しないでください。どちらかと言えば、問題は剣客衆――」

アリアと話していた僕は、不意にその気配に気付いて、言葉を止める。

とてつもない集中力を以《もっ》て、剣を握る少女の気配。

暗い海辺にて、一人の少女が魔力で作り上げられた剣を振るっているのが、遠くからでも見えた。

「イリスさんみたいですね。アリアさん、話の続きは合流してからにしましょう。とにかく、僕はルイノ・トムラと関係があるのかも分からない……それが事実です」

僕の言葉に、アリアが納得したように頷く。今すべきことは、剣客衆への対処だ。

光る剣は魔力で作られた模擬剣――それを振るうイリスの下へ、僕とアリアは向かう。

近づいたところで、イリスがこちらに気付いて振り向いた。

「修行もいいですが、今の時間は外出禁止ですよ」

「シュヴァイツ先生……。すみません、少し――剣を振っていたかったんです」

先の戦いで何かあったのか――いや、気になることがあるとすれば、アリアがさっき話していた、僕とルイノの関係のことだろうか。

そのことについては関係ないと答えているが……レミィルが口にしたこともあって、イリスが納得するのは中々難しいのかもしれない。

僕はトムラのことを知っている……そのことは、イリスも理解しているはずだ。

「イリスさん、先ほどお約束した通り、今回の件について説明します。一先ず、宿に戻りましょう」

「分かりました。でも、その前に……お願いがあります」

イリスが模擬剣を握ったまま、真剣な眼差《まなざ》しを向けて言い放つ。

「私と——本気で戦ってくれませんか？」

それは、イリスと出会ったばかりの頃と、同じ言葉であった。

「僕と勝負、ですか」

「はい」

僕の言葉に、イリスは迷うことなく頷《うなず》く。彼女は本気だ。

握り締めているのは模擬剣だが、向けられた刃《やいば》には確かな決意が込められている。……初めて、イリスに勝負を挑まれた時以上のものだ。

「イリス、何を言ってるの？　今はそんなことしてる場合じゃない」

そんなイリスに対し、アリアが咎《とが》めるように口を開く。

ちらりとアリアに視線を送ると、その表情はやや怒っているように見えた。状況を考えれば、イリスの発言はアリアにも看過できないものだったのだろう。

——このタイミングで、僕と戦うことにどういう意味があるのか、と。

「今だから、必要なのよ」

「何を言って――！」

イリスとアリアが言い争いを始めそうになったところで、僕は手で合図するようにアリアを制する。今、彼女達が争う必要はない。

イリスが僕に求めていることの真意を、確かめる必要がある。

「アルタ先生……？」

「すみませんが、少し下がっていてください」

「！」

アリアが驚いた表情を見せる。

しばしの沈黙の後、僕の言葉に従うように、アリアが後方へと下がる。

僕はイリスに応じるように、懐から模擬剣を取り出す。魔力を込めて作り出したのは直剣――僕の使う《碧甲剣《へきこうけん》》と同じだ。

「戦って、くれるんですか？」

「確かに以前なら、断っていたかもしれませんね。今も、本来であれば受けるべきではないのかもしれません。ですが、君が今求めていることに『戦うこと』が必要なら……それくらいは受けますよ」

「……ありがとうございます」

イリスは一旦構えを解いて、頭を下げる。

お互いに持つのはあくまで模擬剣だ。本気の殺し合いというわけではない――だが、イリスから感じられるのは、それに近しい気迫。

思えば、イリスがルイノに会った時から、どこか様子がおかしかった。ルイノに何か言われたのか……それは分からない。少なくとも彼女と何かあったのだろう。

イリスの師匠として、僕はそれを見定める必要があった。

「シュヴァイツ先生、手合わせ――よろしくお願いします」

イリスが再び剣を握り締めて、構える。その構えは美しく、真っすぐで、正しいものだ。

一目見れば、ある程度実力のある者ならば理解できるだろう。イリスはすでに完成に近い強さを持っているということに。

だが……その強さでは、まだ僕に勝つことはできないだろう。

イリスもそれを理解しているはずだ。それでも彼女が僕と戦いたいと言うのならば――

僕も剣を構えて、初めて本気でイリスの前に立つ。

「いつでもいいですよ」

「分かりました――参ります」

イリスが地面を踏み締めて、駆け出す。瞬時に僕との距離を詰めて、模擬剣を振るう。

まずは一撃目。わずかに後方に下がり、それをかわす。

イリスの動きに一切の迷いはなく——さらに一歩踏み出して、一閃《いっせん》。今度の一撃は受け止める。

力強い一振りに、僕も力を込めて受けた。……そのつもりだったが、わずかに僕の方が押される。

「！」

少し驚いた表情で、イリスを見る。

互いに身体《からだ》を魔力で強化している——条件は変わらないはずだが、イリスからはひたすらに『斬る』という、気迫が感じられた。

イリスはさらに、僕を押し切るようにして剣を振るう。

「ふっ！」

息を吐き出し、さらに一撃。僕の模擬剣を弾《はじ》いて、振り下ろすような斬撃。

だが、それよりも早く僕は攻勢に出る。イリスもすぐにそれに気付いて、防御の構えへと移った。

続けざまに五連撃。初めの頃は、イリスは四撃目にはバランスを崩し、受け切れなくなっていた。

だが、今のイリスは違う。

僕との剣の修行の成果と、戦いの経験——少なくとも実戦を経たイリスは、今までとは違う強さを手に入れている。

完全に僕の連撃を防ぎ切り、鍔迫《つばぜ》り合い。僕とイリスの視線が交差し、互いの力は均衡した。

イリスは両手で剣を握り、僕から距離を取ろうとしない。下がった瞬間の、僕の追撃を警戒しているのだろう。

イリスの戦いのセンスはそれこそ、剣士としては群を抜いて高い。

ここで距離を取れば、僕の攻撃を防ぎ切れなくなる可能性を理解していたのだろう。

実際、僕はここでイリスが後ろに下がれば、さらに速い連撃を繰り出して終わらせるつもりでいた。

「一筋縄ではいかなくなりましたか」

「……先生の、おかげです」

「いいですね。僕も――少し楽しくなってきました」

思わず笑みを浮かべてしまうくらいには、イリスとの戦いを楽しんでいる。

弟子である彼女の成長を純粋に喜んでいるのか……あるいは、彼女が僕に並び立つだけの強さを手に入れることを予感しているのか――だが、そこで僕も一つの事実に気付く。

今のイリスは、どこか『紙一重』だ。

僕と並び立つだけの『強さ』を手に入れるために、『何か』を犠牲にしようとしている

──強くなってはいるのだが、今のイリスから感じられるのは迷いだった。

「イリスさん。君が何故《なぜ》、僕と本気で戦いたいと言ったのか──それは僕には分かりません。君が何かを得られるのならば、僕は協力するつもりでいます。ですが、今の君から感じられるのは、以前のものと同じです。何を迷っているんですか？」

「……」

僕の問いかけに、イリスは答えない。

しばらくの間、僕とイリスの力は拮抗《きっこう》していたが──やがて僕の方からその均衡を崩す。

イリスの剣を弾くと、僕はイリスと距離を取った。

距離を空けまいと動こうとするイリスに対し、左手から放つのは目に見えない刃──

《インビジブル》。彼女の頬を掠《かす》めるようにして、風の刃は夜の闇へと消えていく。

イリスが目を見開いて、動きを止めた。

「僕がもっとも得意とする攻撃です。これを防げないようであれば──」

「私に勝ち目はない、ですよね」

イリスはため息を吐《つ》きながら、構えを解く。

「もう少し模擬剣で斬り合ってもよかったんですけどね」

「……いえ、本気で、とお願いしたのは私です。ごめんなさい、手間を取らせてしまって」

「構いませんよ。それで、君は何を迷っているんですか？」

僕は再び問いかける。

僕の問いかけに、イリスは迷うような表情を見せて、視線を逸《そ》らす。どう話すか、考えているようだった。

僕はイリスを急《せ》かすようなことはしない。しばらくすると、イリスは呟《つぶや》くように話し始める。

「たとえば、たとえばですよ。先生は、私が先生を本気で斬ろうとしたら、どうしますか？」

「イリスさんが、僕を？　確かに、先ほどは鬼気迫るものを感じましたが……まさか」

「た、たとえ話です！　先生を本気で斬ろうとは――思ってないと言えば、嘘《うそ》になりますけど……」

歯切れ悪く、イリスが言う。やはり、先ほどは模擬剣であっても、僕を『斬る』という覚悟を以て剣を振るっていたようだ。

「斬ることに迷いがある、と？」

「……そんな迷い、私にはないと思っていました。だって、父の仇《かたき》を取ろうとしていた時の私は、確かに《剣客衆》を斬ろうとしていましたから。アリアを助けようとした時だって、そうです」

イリスがちらりとアリアの方に視線を向けて、言う。

「アリアを助けるためなら、私は『斬れる』と思っていました。でも、今回は……分からないんです」

「分からない、ですか」

「……ルイノ・トムラは、先生のことを『殺す』って、言っていました」

「！」

イリスがルイノの口から聞いたのは、僕を狙っているという明確な宣言。

それは、僕もイリスとアリアに説明するつもりだったことだ。

ルイノ・トムラは――僕のことを殺すつもりでいる。

その前に王国の脅威となる剣客衆を打ち倒すという契約の下、ルイノは騎士団と手を組んでいるのだ。

『僕とルイノの決闘』こそが、ルイノと騎士団の協力関係の目的である。

王国の危機を乗り越えるための、レミィルの苦渋の選択だったと言えるだろう。

「私は、ルイノを止めようとしました。でも、彼女が望むのは『殺し合い』だけなんです。彼女を止めるには、殺すしかないんだって――私は一瞬でも、思ってしまったんです」

イリスが拳を強く、握り締める。彼女が目指すのは、『王国最強の騎士』という存在。

当然、騎士であれば――相手を斬り殺すことも必要になるだろう。

だが、イリスはまだ十五歳の少女だ。剣を握り、自分よりずっと大きな相手を倒すことはできても、実際に人を殺した経験はないのだろう。

イリスが迷っていることは、僕にも理解できる。

剣客衆のアディル・グラッツや、アリアの父であるクフィリオ・ノートリアとは、いずれもイリスの大切な人が関わっていた。

『誰かを守るための剣』を振るうイリスならば、当然迷うことなく剣を握れただろう。

だが、ルイノはどうだろうか。彼女はまだ――剣客衆を殺し、騎士団と協力関係にある少女だ。

『僕を殺す』と口にしたとしても、明確に行動に移しているわけではない。

イリスからすれば、止めるべき相手であることには違いないのだが――戦いになれば、殺すしかないことを予感させる相手だったのだろう。

今までにその経験がないからこそ、今のイリスには迷いの気持ちが生まれている。

「ルイノは先生のことを狙っています……だから、私はルイノと戦うつもりでした。でも、ほんの少しだけ――先生がルイノと戦えば、殺さずに止められるのかもしれないっていう気持ちが、私にはあったんです。私が戦えば、殺し合いにしかならないかもしれないのに。でも、先生を狙う相手なら――『殺してしまってもいいんじゃないか』って、考えてしまいました。先生……誰かを守るために人を殺すことは、正しいことなんでしょうか？」

イリスの迷いは、『誰かを守るための剣』と、『人を殺す剣』の違い。

誰も彼も守るという『理想』を抱く彼女にとっては――ルイノを斬ることにも迷いが生まれるのだろう。

殺して守るか、殺さずに守るか――今のイリスにとっての選択肢はきっと、その二つだ。

僕に任せれば、ルイノを殺さずに済むかもしれない。

『僕を守る』ために戦うのであれば、イリスはルイノを殺すために剣を振らなければならない。

――イリスとルイノの強さが拮抗しているからこそ、浮かび上がるのは『殺す』という選択なのだろう。……まだ学生でしかない彼女には、あまりに重い選択であった。

「君は、人を斬りたくないですか？」

「……ルイノにも、同じようなことを聞かれました」

「それで、なんと答えたんです？」

「必要があれば斬る、と。私も騎士を目指す身ですから……それくらいの覚悟はしているつもりです。でも、殺すためだけに、戦うつもりは、なくて……。私にもっと力があれば、ルイノを止められるかもしれないのに。でも、先生が狙われていることが分かっているのに、任せるだけなんて……！」

「――なるほど。君は相変わらず、子供らしくないことで悩みますね」

「……え？」

イリスがきょとんとして僕を見る。

イリスの悩みはどうしていつも、生徒らしからぬものばかりなのだろうか。思わず、ため息が出そうになる。

「君は僕がルイノと戦えば、止められると思っているんですよね？」

「そ、それは……今、改めて戦って分かりました。先生は、私なんかよりずっと強いですから」

「では、ルイノは僕に任せればいいんですよ」

「……っ、それじゃあ、先生が狙われていると分かっているのに見過ごすことに――」

「それはできない、と。実に難儀な話です。そうなると……今の君にできることはなんだと思いますか？」

「私にできること、ですか？」

「はい。一つだけ助言をするとすれば――今の君に足りないものは、自信というところですかね」

「自信……」

「こればかりは、僕の言葉でどうにかなるものではないと思いますが。ただ、君は君が思っているほど弱くない。僕が本気を出してもいいと思えるだけの相手なんです」

「私が、ですか……？」

「そうでなければ、僕はこうしてしっかりと剣を教えるようなことはしませんよ。君はルイノの雰囲気や言葉に飲まれているんです。前にも教えましたが、強くなるためには選ぶことが必要になります。君は……『ルイノをただ殺す強さ』がほしいですか？　それとも、『殺さずに勝てるだけの強さ』がほしいですか？」

「そ、そんなの――そんなの、決まっています」

イリスは一瞬、戸惑った表情を見せたが、すぐにはっきりと答える。

元より、彼女が求めるのは闇雲に人を斬るための剣などではない。『誰かを守るための剣』――それならば、初めから選択は決まっているだろう。

「それがまだできないのであれば、僕を頼ってください。もしも君ができると思えるようになったら――僕は君に任せますよ」

「……先生、ありがとうございます。先生と話すと、本当に子供と話しているとは思えないです」

「あはは、僕も正直同じ気持ちですけどね。こういう進路相談、多くないですか？」

「イリスはなんでも抱えすぎだよ。迷っているならわたしを頼ればいいのに」

アリアがようやく、話の間に入る隙を見つけたように割り込んでくる。

ずっと僕とイリスの戦いを黙って見守っていた――イリスが迷っていることは、アリアもきっと分かっていたのだろう。

「アリアまで……でも、ありがとう。それから、時間を取らせてごめんね」

「いいよ、デザート奢《おご》りで」

イリスの言葉にアリアがそう答えて、互いにくすりと笑う。

イリスも吹っ切れたようでよかった——あとは、実際に迫っている敵をどうするか、だ。

剣客衆だけでなくルイノともまた、最終的には敵対することになる。

それは、ここにいる全員が理解していることであった。

＊＊＊

宿に戻ると、僕は改めてイリスとアリアに、現状を説明した。

《剣客衆》は元々十人で構成された組織であったが、すでに六人は死亡している。四人は僕が、二人はルイノが始末した。

残る四人のうち、一人は王都の《黒狼騎士団《こくろうきしだん》》の本部を襲撃し、そこでルイノと騎士団は協力関係になった。

その一人、ゼナス・ラーデイは逃げ出したが、おそらくはこの町にやってきている——そして、ルイノ自身の狙いは僕であるということ。

「ルイノについては、剣客衆がいる限り僕を狙わないかもしれません。イリスさんと出会った時も、彼女は姿を消したんですよね？」

「はい。気が付いたらいなくなっていて」

「じゃあ、そのルイノっていう子は一応、約束を守るつもりなんだ。話を聞く限り、そういうタイプとは思えないけど」

「そうですね。警戒するに越したことはありません」

アリアの言葉に、僕も頷《うなず》いて答えた。

僕を狙う剣客衆の他、イレギュラーな存在であるルイノという少女。単独ですでに剣客衆二人を葬り去り、一人はレミィルと協力したとはいえ、撃退している。

イリスの話を聞くだけでも、相当な実力者であることは分かる。

そんなルイノが本当に味方であるのならば助かるのだが……すでにレミィルからも話は聞いている。

《黒狼騎士団》はルイノと協力関係を結ぶ代わりに、『僕に会わせる』ことを約束した。

レミィルが珍しく申し訳なさそうな表情をして、僕にその事実を伝えてきたのだ。

レミィルとしては、部下である僕に危険因子でしかないルイノを会わせたくはなかったのだろう。

それが、騎士団長としてのレミィルという女性だ。……だが、彼女は騎士団長という立場であるが故に、最善の選択をしなければならない。

ルイノと協力し、僕を危険に晒《さら》すという選択が、状況を好転させる唯一の方法だと結論づけたのだ。

僕も、その結論については概《おお》ね同意する。

仮にその狙いがイリスであったのならばレミィルを咎《とが》めるところであるが、僕だけであるのなら全く話は別だ。——今月の給料二倍、ということで手は打ってある。

「君達《たち》二人には現状を話しましたが……剣客衆も、そしてルイノの狙いも僕です。君達に必要以上の協力は求めません」

「！　先生、さっきは協力させるって話だったよね？」

アリアが眉をひそめて、不服そうに言う。

先ほど海辺では、アリアと協力するという約束をした——それは事実だ。

だが、現状は刻々と変化している。

「その時はまだ敵が不明瞭でしたからね。ですが、今は剣客衆とルイノ……完全に明確になっています。そのうち、ルイノについては剣客衆を倒してくれるかもしれない存在ですから。警戒すべきは剣客衆だけですね」

「それなら、私も太刀打ちできると思います」

今度はイリスが僕の言葉に答える。

二人とも、当然のように僕のために戦うという意志を見せてくれる。……そのことについては実にありたがい。

僕が思っている以上に、二人からは『守るべき対象』と見られているのだろう。

それは、僕も同じことだが。

「もちろん、二人ならば戦える相手だと思います。ですが……何度も言うように君達は学生の身分です」

「それは分かってる。でも、先生だって子供だよ」

「僕は確かに子供ですが、学園の講師であり——そして、騎士でもあります。この町にはすでに、団長も含めて多くの騎士達がやってきている。はっきり言えば、君達の力は現状、必要ありません」

「……っ」

僕の言葉に、イリスの表情が曇る。——必要ない、そう言われることは、きっとイリスを傷つけるだろう。

イリスだけではない。表情には出さないが、アリアも僕の言葉を聞いて傷ついているかもしれない。それでも、僕にとってはそれが紛れもない事実なのだ。

「——なので、敵が襲ってきた場合には全て僕が対処します。その点については心配なく。いいですね？」

「……分かり、ました」

「アリアさんも、それで納得してもらえますか？」

「納得はしない。でも、先生がそう言うなら、従う」

「そう言っていただけると助かります。ただ、君達二人に何もするな――そう言っているわけではありませんよ」

「！　それって……」

「状況としては、緊急事態であることに違いありません。ですから、たとえば僕が生徒達から離れなければならない状況になった場合――緊急時には、君達の力が必要になります」

「わたしとイリスで、他の子達を守ればいいってこと？」

「君達ならば、それができると思っています。もちろん、君達の安全確保も僕や騎士達の仕事です。ただ、君達にも、僕からこういう形で協力を依頼したいと思います。受けてくれますか？」

僕の問いかけに、表情を明るくしたのはイリスだった。

イリスが決意に満ちた表情で、迷うことなく頷いて答える。

「もちろんです。この命に代えても、皆を守ります」

「あはは、命に代えるのではなく、君の命も大事にしてくださいね？」

「なら、イリスのことは、わたしが命に代えても守るよ」

「それなら、私はアリアのことも含めて守るわよ」

「じゃあわたしも」

何故《なぜ》か、そんなところで張り合いを始める二人。

任せていることは、場合によっては命がけになることなのだが——イリスもアリアも、快く引き受けてくれる。

僕も、彼女達の実力を信頼して頼んでいる。

基本的には、僕一人で解決できればそれでいいと思っている。

ただ、相手は現状でも複数人——何が起こるか分からないというのが本音だ。

（……僕が生徒達から距離を取れば安全——それならよかったんだけどね）

ラスティーユという剣客衆は、イリスを人質にして僕と接触しようとした。

そういうことも、平気でやってくる相手がいる。

それも考えるのなら、イリスとアリアには万が一に備えてもらうのが、最善の選択と言えるだろう。

こうして、僕達はまた剣客衆を相手に協力関係となった。

＊＊＊

ラウル・イザルフは晩年――人里離れた森の中で暮らしていた。

数多《あまた》の戦場を渡り歩いたラウルは、《剣聖》という名で呼ばれ、ある国では英雄のように扱われ、ある国では畏怖の対象とされる。

剣聖が味方につけば、その国は勝利する。――だが、『勝利』する者に対して必ず『敗北』する者がいる。

それだけは、いつの時代も変わらないことであった。

「ふぅ……」

森の奥地――小屋の外で薪割《まきわ》りを終えて、小さくため息を吐《つ》く。

誰に会うというわけでもないが、白くなった髪は整えて後ろに流す。生やした髭《ひげ》も、白く染まっていた。

それが、剣聖の晩年の姿。ラウルはすでに、自らの身体《からだ》の衰えもよく理解している。

戦いに戦いを重ねて――老いても、なお戦い続けた。

そして彼に残されたものは、剣聖という《最強》の称号。

剣を持つ者であれば、誰もがその境地を目指す。

だが、その境地に辿《たど》り着いてしまったラウルが得るものは、それ以上何もない。

ラウルには守るべき家族もおらず、彼を看取《みと》ってくれる者もいない。

「これが、俺の人生……というわけか」

「よう、随分と暇そうじゃねえか」

「……なんの用だ」

感傷に浸るラウルの前に現れたのは、同じく年老いた男。

屈強な老人は、ラウルを見てにやりと笑みを浮かべる。

「おいおい、久しぶりに会った友人に向かってなんだ？　その態度は」

「俺はお前を友人だとは思っていないが。それに、久しぶりというほどでもない。ひと月くらい前にも来ただろう」

「世間一般ではそういうのを久しぶり、って言うんだよ！　酒を持ってきたからよ。せっかくだから飲もうぜ」

老人――ソウキ・トムラは手に握った酒瓶を見せびらかすようにして、言った。

ソウキは剣士であり、さらに傭兵《ようへい》としても若くから活躍する人物である。

ラウルともよく、戦場で出会うことがあった。

ソウキにとっては幸運と言うべきか、ラウルとは敵として相対することはなく――互いに仲間として協力関係になることばかりであった。

ラウルは特別、誰かと親しくするようなことはなかったのだが……気付けばソウキという男だけは、こうして年老いてもラウルの下へとやってきている。

ラウルは認めていないが……老いた彼にとって唯一の繋《つな》がりとも言えるだろう。

ソウキが話すのはいつも、たわいないことばかりだ。

「都の方で暮らさないのかよ？　ここじゃ、色々と不便だろ」

「別に、そんなことはない。一人の方が気楽だ」

「そんなこと言ってよ。都会と田舎じゃ、お前は田舎暮らしの方が好きってことか？」

「何度も言うが、一人が気楽なだけだ。別にどちらでもいい。そんな話をしに来たのか？」

「お前は国の情勢とか興味ねえだろ？」

「ないな」

「だろうな……。実は、近々また戦争があるらしい」

「そうか。それで？」

「……俺は、家族と遠くへ引っ越そうと思っている」

「そうか」

ソウキの言葉に、ラウルは態度を変えることなく頷《うなず》いた。

ラウルの素っ気ない態度に、ソウキが肩をすくめる。

「おいおい、それだけか？」

「戦うつもりがないのなら、そうするのが正解だろう」

「……まあ、な。ここも来られなくなるかもしれねえからよ。だから、もしも戦争があってここに被害があったら――」

「俺が負けると思うか？」

「……余計な世話だったな。まあ、その話だけじゃなくてよ……」

「なんだ？」

「別れの挨拶ってわけじゃねえが、どこかで俺の家族に会うことがあったら、よろしく頼むな」

「お前がいるんだから、お前が面倒を見ろ。俺が何かをする必要があるのか？」

「はっ、確かにその通りだよ。けどよ、俺とお前の仲だろ？　頼んだぜ！」

笑みを浮かべて、ソウキが言う。勝手にラウルのことを友人と呼ぶ男と会ったのは、それが最後であった。

＊＊＊

早朝から、僕は着替えを終えて宿を後にする。……『昔』の夢を見たのは久しぶりだった。

イリスとアリアには、あえてルイノ・トムラのことに深く触れなかった。

刀を持って、着物を纏《まと》う少女――僕の知るトムラという男は、東方のある国に移り住んだと聞いている。

以前、僕が倒した《剣客衆》のアズマ・クライと同じ出身だ。

これはいわゆる『勘』でしかない。けれど、何故か確信に近い。

この状況に関わっているルイノは、僕の知る男の血筋であるということ。

そうなのだとすれば……僕と関わりのある人間ということになる。

確かめる意味でも、僕は一人で宿を出たのだ。

緊急時には二人に他の生徒達《たち》を任せると言ってある。どの程度を緊急とするか、それは人によるかもしれない。

けれど、今の状況は十分に、『緊急』に該当すると僕は思う。

「にひひっ、わざわざ出てきてくれたんだぁ？」

僕の姿を見て、少女――ルイノがにやりと笑みを浮かべる。

「それはそうだ。人が寝ているところに、延々と『殺気』を送られては、ね。こうして君と顔を合わせるのは初めてだね、ルイノさん」

「にひっ、そうだねぇ。あたしはずっと、あなたのことを求めてきたわけだけど……」

それがたとえば、僕を慕ってのことであれば嫌ではないのだが、笑っていても、ルイノから感じられるのは殺気ばかりだ。

状況は実におかしく、朝方だから人がいないのではなく、封鎖されているから人通りがないのだ。

代わりに、ルイノの周囲には騎士達が構えている。

何人かは尻餅をつくように倒れており、ルイノが騎士達を実力で黙らせたのは理解できた。

――騎士団長であるレミィルが協力関係を結んだといっても、ルイノが危険因子であることには変わりない。彼女の存在を許容できない者もいるだろう。

だが、ルイノはそれを実力で黙らせたのだ。

依然騎士達から剣を向けられているにも拘《かか》わらず、ルイノ自身はそちらに目をくれることもせず、僕の方をじっと見続けている。

「にひっ、何人か絡んできたから、ちょっと遊んであげただけだよ。あたし、『弱者』には興味がないからさ」

「弱者、ですか。君にとっての強者とは、僕のような存在ですか？」

「うんうん、その通り。会っただけでも分かるよ。あなたは……他の人達とは違うね。さすが、《剣客衆》を一人で四人も殺しただけあるよ！」

「正確に言うと、一人は僕が殺したわけではないんだけれどね」

「！　そうなんだ。じゃあ……あたしがあと一人殺したら、数的には丁度同じになるのかな？　にひっ、それならあたしがあなたを超えるのも時間の問題かもね――」

その言葉と同時に、ルイノが地面を蹴って僕との距離を詰める。

周囲の騎士達が反応する暇もなく、瞬時に刀を抜き放つと——迷うことなく僕の首元へと刃《やいば》を振り下ろす。

キィン、と周囲に金属のぶつかる音が響いた。

ルイノの放った一撃を、僕は防いでみせる。

騎士達が遅れて動き出そうとするが、それを僕は手で合図を出して制する。

ルイノが、口元を三日月のように歪《ゆが》めて笑いながら言う。

「にひひっ、やっぱり——いい剣筋だねぇ。騎士団に協力した甲斐《かい》があるよ。この一回でも、満足できちゃいそうだもん！　でも、これじゃあ足りないよね。もっと……もっともっとっ！　いっぱい、あなたと斬り合いたいなぁ」

鍔迫《つばぜ》り合いは続き、ルイノが今も本気で僕を殺そうとしているのが分かる。

それはきっと、この程度では僕が死なないというのが分かっているからだろう。

これで斬られるのならば——それこそ、彼女が求めるほどの実力はない男になってしまう。

「分かっていると思うけれど、それは全て終わってからだ」

「にひっ、もしかして……それを言うために出てきてくれたの？　わざわざさぁ……」

「それが聞きたくて来たんだろう？」

「……にひっ、にひひっ。分かっちゃう？　でも、少し違うよ。昨日も夜遅くまで剣客衆を探したんだけど……見つからなくて。ひょっとしたら、まだこの町に来てないのかなぁって。でも、高まった気持ちを抑えられないから、ちょっとだけ『味見』したいなって」

「味見、か。随分な表現をするね」

「だって、そうでしょ？　あたしはあなたと戦うためにここにいる。けれど、剣客衆は確かに邪魔なの。あなたとは、何も気にせずに万全な状態で戦いたくて。ああ、でも――やっぱり我慢できないかも」

ギリギリと、ルイノの刀を握る力が強くなっていくのが分かる。

たった今出会ったばかりで、これまでルイノとの面識は一切なかった。

けれど、今の一撃で――僕の『勘』は確信へと変わる。

僕の知る男も刀を使い、同じような剣筋だった。

ルイノ・トムラは……ソウキ・トムラの孫娘というところか。

（あの男の家系からこんな娘が生まれるとはね）

ある意味では、驚きを隠せない。

仮にも同じ剣の道を生きた男ではあったが、僕の記憶では、ソウキという男は何より家族を大事にした。

こんないつ死んでもおかしくないような、危険な生き方を許すとは到底思えない。

「……さっきも言った通り、君とはまだ戦うつもりはないよ。ところで、一つだけ質問を

してもいいかな？」

「なに？　あなたの質問なら、なんでも答えてあげるよ？」

「ソウキ・トムラは元気かな？」

「──」

僕の質問を聞いた瞬間、ルイノの表情に変化があった。笑顔が消えて、刀を握る力が弱まる。

殺気立っていたにも拘わらず、ルイノはスッと刀を下げて、僕との距離を取った。

どうやら、僕の質問は想定外だったようだ。

「……なんで、お祖父《じい》ちゃんの名前を？」

『お祖父ちゃん』とルイノは口にした。

これで確定した──ルイノはソウキの孫娘だ。

「名前を知っているだけだよ。トムラという名を、ね。ちょっと関わりがあって、もしかしたらと思っただけだよ」

「……そ。元気かどうかって聞かれても、死んでるから。あの世ってところがあるなら元気かもね」

「そうか。もう亡くなっている、か」

「質問って、それだけ？　なんか、家族の話されるとやる気、出なくなっちゃうなぁ……。

ま、丁度いっか！　続きは、また今度、ね？」

ルイノはそう言い残すと、背を向けてその場を後にする。結局、周囲の騎士達には視線を向けずに、文字通り『挨拶』だけに終わった。

……ソウキはすでに亡くなってしまっている。

ルイノの反応を見る限り、何かあったようにも思えるが、そこまで詳しく聞ける状況ではなかった。

「シュヴァイツ一等士官、ご無事ですか!?」

「問題ないですよ」

騎士の一人が僕に声をかけてきたので、答える。

ルイノに対して警戒していても、騎士団長であるレミィルは彼女と協力する道を選んでいる――部下である彼らも、色々と複雑な想《おも》いがあるだろう。

「……まさか、早朝からルイノがあのような行動に出るとは思いもせず。止められず、申し訳ございません」

「構いません。あの程度で斬られるような僕ではないですし、どのみち……ルイノの狙いは僕だけですから。それほど警戒しなくても大丈夫です」

「あなたのことも含めて守る――それがエイン騎士団長の命令であり、我々の意思でもありますから」

「ありがとうございます。けれど、ルイノに関しては、おそらく大丈夫だと思います」

「……？　それは、どういう……？」

騎士の男が、理解できない様子で疑問を口にする。

もちろん、それを理解できる人間は――おそらく僕を除いてはいないだろう。

彼女が『強い』からこそ、狙っている相手は僕なのだから。

その本当の理由については分からない。だが、ルイノのことをどうするか――それを決められるのは、僕しかいないのかもしれない。

ルイノの少し過激な挨拶の後、僕はまた講師としての仕事に戻る。

「ふぁ、先生……早いね」

「先生ですからね。宿の方が朝食を作ってくださっているので、準備ができたら食堂にお願いします」

「ふぁい……」

まだ眠そうな女子生徒のやる気のない返事に、思わず苦笑いを浮かべそうになる。

朝に弱い生徒も多いようだが、ある程度時間通りに起きてくれることは助かる。

僕のような子供に起こされる、だらしのない生徒はいないようだ。

朝食を終えたら、今日は生徒達がそれぞれ課題を決めて行動する日だ。

行動範囲はある程度決められていて、町の外などには行かないように注意してある。

……町を警備する騎士達にも、それは伝えてあることだ。

（さて、あとは……）

ちらりと、食堂の隅に目をやる。

他の生徒達からも、ちらちらと視線を向けられているのは——イリスだ。

その表情は真剣そのもので、『すぐにでも戦える』状態にあることが分かる。

……以前から分かっていたことではあるけれど、こういう時、イリスは表情に出るタイプだ。

僕の言葉に従い、常に警戒態勢でいてくれるようだが……クラスメートを怯《おび》えさせてしまっている。

対面に座るアリアは、少し眠そうな顔で朝食のスープを口に運ぶ。

緊張など微塵《みじん》も感じさせないのはさすがというところだろう。

だが、イリスの気合の入った表情に対して、アリアの妙に気の抜けた表情は、何やらおかしな雰囲気を生み出していた。

僕は嘆息しながら、イリスの下へと歩み寄る。

「そんなに怖い顔しなくても大丈夫ですよ」

「！　せ、先生？　私、そんな顔していましたか？」

僕に指摘されて、やや恥ずかしそうに驚くイリス。やはり、本人は気付いていないようだ。

そんなイリスに対し、

「アルタ先生が宿を出た時からこんな感じ」

そう、説明するようにアリアが口を開く。

宿を出た時……僕が、ルイノから『挨拶』を受けた時のことだろう。

アリアの口振りは暗に、僕を非難するような言い方にも聞こえるが、そこは勘違いだと思っておこう。

「特に、何事もなく戻ってきてくださったので安心しました」

「それはそうですよ。僕は先生ですからね」

そう答えて、二人の近くの椅子に腰を掛ける。

「それ、関係ないでしょ。でも、先生は強いから説得力ある」

「あはは、そう納得していただければ助かります。イリスさんも、朝から僕との約束を守って気合を入れてくれたわけですか」

「！　そ、そういうわけではありません。ただ……やっぱり、意識はしてしまうので」

「そうですね。その点については、僕が謝らないといけないのかもしれません」

「シュヴァイツ先生が謝るようなことは……」

「いえ、僕がいない間を任せたのは『僕自身』ですから。ですが、今は僕がいるので、普段通りで構いません。僕がいる限りは安心してくださいね」

「……今は普段通りの、つもりですけど」

　やや不服そうな表情で、イリスが答える。

　イリスにとっては、『任される』方が嬉《うれ》しいことなのかもしれない。

　もちろん、緊急時に二人に頼るつもりは、僕にもある。けれど、今のような時までずっと警戒させたままでは、僕の立場がなくなってしまう。……別に、立場を気にするわけではないのだけれど。

（学生は極力学生らしく……そういうことなんだけどね）

　中々に、それを伝えるのは難しい。

　なにせ、僕自身が真っ当な学生生活を送った経験がないのだから。

「ちなみに、イリスさんとアリアさんは今日はお二人で行動されるんですか？」

「いつもそう。今日は自由行動だし」

　イリスとアリアのペア――それは、学園内でもずっとそうだ。

　もちろん、クラス内でも仲のいい者同士が一緒にいることはよくある。

　けれど、それぞれ他にも交流関係がもちろんある。

　僕から見て、交流の少なさが目立つのはまさに、ここにいるペアの方だった。

「では、たまには他の生徒達《たち》とも行動を共にしては？」

「……それこそ、私がいると普通に振る舞えない子もいるので」

僕の言葉に、イリスがそう答える。……何度か促したことはあるが、やはりイリスは立場上——他の生徒達とは距離を置いているようだ。

……アリアはまだイリスのように『大貴族の娘』ではない分、クラスメートが受け入れやすい立場なのかもしれない。

そしてイリスは大貴族で近づきにくいという理由だけで、生徒達と距離を置いているわけではない。

きっと根底には、いつ何時——イリスの身を狙う者が現れるか分からないという気持ちがあるのだろう。こればかりはイリスの心の持ちようによるわけだが。

（『最強』を目指すが故、か。僕も友達がいたわけではないからね）

僕のことを『友』と呼ぶ者はいた。だが、僕は結局、彼との距離を縮めることはなかった。

今の僕ならそれができるかと言われれば——

（……そういえば僕にも友人らしい友人はいませんでしたね。こんなところは、師匠と弟子で似る必要はないんですが……）

唯一の違いは、イリスには親友で家族でもあるアリアがいる。

イリスに並び立つだけの力があるからこそ、ここにいられるのかもしれない。

それを他の生徒達にまで求めるのは酷だろう。

（あとは、生徒達がイリスさんのことをどう思っているか、だな）

少なくとも、イリスに対して悪い印象を受けたという話を聞いたことはない。

どちらかと言えば、羨望――剣の実力で圧倒的な彼女は、皆の憧れのような存在でもあった。

そして、イリスにとって彼らは――『守るべき存在』というだけなのだろう。……それはそれで、実に難儀な考えではあるのだけれど。

「昨日も言いましたけど、いい機会ですからね。クラスの他の子達と交流を持つのもいいと思いますよ。これも修行の一つだと思えばできるのでは？」

「……それはまたの機会にします。今は、そういう気持ちにはなれないので」

僕の言葉を、やんわりと拒絶するイリス。どうやら、僕は講師としてはまだまだ未熟なようだ。

アリアがジト目を向けてくるが、僕はただ肩をすくめることしかできなかった。

＊＊＊

「皆さん、今日は自由行動です。ですが、昨日は海で遊んだわけですから、今日は課外授業としてきちんと学ぶことを中心にしましょう。それぞれ課題を決めて、取り組むようにしてください。くれぐれも、町から外には出ないように」

「「「はーい」」」

僕の言葉に応えるように、生徒達の声が響く。

周りからは、自分より年下の子供に従う生徒……のように見えるかもしれないが、今は周囲に人通りの少ない時間だ。

生徒達も、僕に教えられるということにもう違和感はないようだ。

その点については安心する。

何人かの女子生徒から、「先生は今日どうするの？」とか、「一緒に町を回ろうよ」とか、そんなデートのような誘いを受けるが、やんわりと断る。

断った僕へ、殺意にも似た視線を送ってくる男子生徒達にため息を吐《つ》きながら、僕は周囲の状況を確認した。

――近くにある石造りの家。その家の内部にも、騎士が配備されている。

この町の建物の中にはいくつか空き家があり、そこに騎士が待機する形となっていた。

普段から多くの騎士が町を歩いているわけではない……それこそ、そんな町を鎧《よろい》に身を包んだ騎士が闊歩《かっぽ》すれば、嫌でも意識してしまうことになるだろう。

それに、《剣客衆》の警戒を強めてしまうことにも繋《つな》がる。

生徒達の安全を確保しつつ、僕はここにやってきているであろう剣客衆の相手を務めなければならない。

もっとも楽な方法は……残りの剣客衆を、ルイノが始末してくれること。

そうすれば、僕の相手はルイノ一人で済む。もちろん、こんな考えを口に出すようなことはしない。

それこそ、『騎士失格』と言われても仕方のないことだろう。

（一応、剣の師匠とはいえ……僕は騎士としても先輩になるわけだしね）

イリスのことを考えると、下手な発言も控えるようになっていた。

僕とレミィルのような関係であれば、冗談めかして『ルイノに全て任せる』くらい言ってしまうかもしれないが。……ルイノはすでに、剣客衆を二人打ち倒し、実力を示している。

王都でも剣客衆の一人と一戦交えているというし、実力だけで言えば――イリスを超えている可能性すらある。

僕の周りには、どうしてそういう女の子ばかり集まってくるのだろう……そんな疑問に、答えてくれる人はいない。

「シュヴァイツ先生」

不意に声をかけてきたのは、イリスだ。

白いワンピースに身を包んだ彼女は、整った顔立ちも相まって気品のある雰囲気を漂わせている。……もちろん、《四大貴族》に数えられるラインフェル家の令嬢なのだから、気品があるのは当然なのだけれど。

「はい、なんでしょう？」

「今日は……この後どうなさるんですか？」

他の生徒達と同じような質問を、僕に投げかけてくる。だが、その質問の意図が全く違うところにあるのは分かっている。

イリスにとっては、やはり僕の行動が気掛かりなのだろう。

「君達が町を回るのと同じように、僕も講師としての役割を果たしますよ。何か質問があれば、町の目立つ場所にいるのでいつでもどうぞ」

「目立つ場所、ですか？」

「たとえば、あの灯台とか」

僕が視線を向けると、イリスも追いかけるようにそちらを向く。

視線の先にあるのは、白く大きな灯台。

ここからは中々、距離があるが……『大きい』というのはよく分かる。

元々、水産業が盛んなこの町だからこそ、灯台は重要な役割を果たしているのだろう。

「せっかくですから、あの灯台について調べてみるのもいいかもしれませんね。もしくは市場で水産業について調査する、とか」

「私は、アリアと一緒に水辺の魔物について調査するつもりです」

「魔物、ですか。一応注意しておきますが、危険だと判断したら近づいてはいけませんよ。まあ、海岸沿いにそういった魔物が出た、という報告はありませんが」

「子供じゃないんですから、それくらいは平気ですっ」

「僕からしたら生徒なんですから、心配も注意もしますよ」

「そんな魔物がいたら、わたしが倒すから平気」

僕とイリスの会話に割って入ってきたのは、アリアだ。

相変わらずサイズが大きめの服を着ているのは……色々と仕込んでいるからだろうか。

水着姿はかなり過激な印象であったが、普段着は逆に肌の露出を控えめにしているようだ。

……まあ、武器を仕込んでいるのなら隠すのも当然だけれど。

一応、こっちも注意くらいはしておこう。

「戦うではなく逃げる、ですよ。それと、必要以上に物を持っていたりしませんよね？」

「もちろん。『必要最小限』だよ」

少しだけ口角を上げて、ちらりとアリアが服をまくる。

太腿《ふともも》のベルトとショートパンツが視界に入り、そこから先には数本の『刃物』が目に入

る。

だが、すぐにイリスがアリアを隠すように前に立った。

「……アリア、はしたないからやめなさい」

「……？　見られても平気だよ。昨日なんて水着で一緒だったんだし」

「そ、それはそうだけれど……。とにかくはしたないから」

「なんで？」

「なんでも！　先生も、アリアが服をまくりそうになったら止めてください」

「無茶を言いますねー」

「先生なら止められますよねっ」

食い気味にイリスが言う。まあ、否定はできない。

僕ならアリアが動く前に、その動きを制止するくらいはできるだろう。

それにアリアが抵抗してきたら、どうなるか分からないが。

「避《よ》けて見せびらかすから」

「どうしてよ!?」

僕の心を見透かしたような答えと、イリスのキレのいい突っ込みが入る。

やはり息の合った二人……とでも言うべきか。

くすりと少しだけ笑い、僕は二人に向かって言う。

「僕のことはご心配なく。昨日も言った通り、万が一の時は——君達は生徒の安全確保を優先してください。その生徒には、君達も含まれていますから」

「……はい。分かっています」

「任せて」

二人がそう答えてくれる。

イリスとアリアのことは、十分に信頼している。二人も僕を信頼してくれているのだろうけれど、やはり心配な気持ちは消えないようだ。

（もう一回くらい、二人には『本気』を見せた方がいいのかもしれないね）

あくまで訓練における本気ではなく、剣を握った上での本気。

それは当然、普段の僕とは違ってくるわけで……その姿を見せれば、二人も多少は安心してくれるだろうか。すでに何度か見せているから、効果はないのかもしれないけれど。

少なくとも——剣客衆とルイノを相手にするのならば、まだ僕が本気を見せる機会は、十分に残っていると言えた。

僕が目指すのは、イリスに伝えた通り、この町の灯台。全てを見渡すことができる場所であり——一番、目立つ。

そこは町を見通すにはピッタリの場所だ。

もっとも、細かく見るのならば下りて確認する他ないのだろうけれど。

だが、町の方から灯台を見上げるのならば——ある程度距離があっても、誰か人がいることくらいは分かる。

灯台についても、魔法技術が組み込まれているのだ。修理や修復のため、灯台のてっぺんに上がることができる。

——そこで、僕は姿を晒《さら》して待つつもりだったのだけれど。

「まさか、先客がいるとはね」

「いやぁ、私も驚いたよ」

灯台のてっぺんに座り込み、海の方を見ていた初老の男が振り向く。笑みを浮かべて、僕に向かって手を上げる。

どこか懐かしさを感じさせる男だった。

けれど、僕は表情に出すことなく、その男を見据える。

東洋風の薄着で、雰囲気からは『強さ』など微塵《みじん》も感じられない。

だが、目の前にいる男は——紛れもない敵だ。

「やぁ。こんなところに子供が来るなんてねぇ。いや、子供だから遊びに来てしまうのかな？　ははははっ」

「そういう話がしたくて、『僕を待っていた』のかな？」

「……そういうわけじゃないさ。でもね、少しくらい世間話に付き合ってくれてもいいんじゃない？　アルタ・シュヴァイツ君」

笑みを浮かべたまま、男の視線が鋭いものになる。得物は鞘《さや》に納まった刀——ごそり、と物音を立てて男は懐に手を伸ばした。

僕は、腰に下げた《碧甲剣《へきこうけん》》に手を伸ばす。だが、

「まあ慌てなさんなよ。酒、飲むだけだからよ」

ひらひらと手を振るようにして、男は刀から離れたところに手を置く。懐から取り出したのは、一本の瓢箪《ひょうたん》だ。

きゅぽん、と蓋を取る音が耳に届き、男はそのまま中身を飲み始める。

「ふぅ……海を見ながらの酒も、中々いいもんだねぇ。君もどうだい？」

「僕は子供なものでね。酒はまだダメなんだ」

「ふっ、子供ねぇ。君みたいな子供が騎士やって……そんで《剣客衆》を四人も倒した……なんてのは嘘《うそ》だと思いたいねぇ」

「あなたも剣客衆、だね」

「その通り。名前は……もう分かってるかな？」

「リグルス・ハーヴェイ。剣客衆では珍しく、あなたは表立って人と接する……いわゆる組織の管理役らしいね」

「管理といっても、私には力がないからねぇ。それこそ、アディル君くらいの力がないと、

ね」

酒をあおりながら、初老の男——リグルスが言う。

剣客衆の中でも、一番情報が得られやすい男であった。アディルの他、実際に剣客衆に仕事を斡旋《あっせん》していた男……それが、このリグルスだ。

飄々《ひょうひょう》としているが、先ほどから隙は見せていない。

ただの管理役であるのならば、まだよかったのだけれど。

……アディルのいなくなった剣客衆が、それでも統率の取れた組織として行動している。

そう考えれば、一つの答えに行き着くのは実に容易なことだ。

「あなたは僕と戦う気がない……そういうことかな？」

「そうならよかったんだけどねぇ。戦うことにはなるんじゃないかい？　私は剣客衆で、君は騎士だ。どうやっても相容《あいい》れない者が二人いるのなら、それは必然ということになるよ」

「それなら、構えなよ。あまり時間をかけるつもりはないんだ。それとも、『時間稼ぎ』かな？」

リグルスは何かが起こるのを待っている。そういう可能性もあった。

リグルスがゆっくりと立ち上がると、僕の方ではなく、灯台から見下ろすように視線を落とす。

「時間稼ぎという意味では、待っていたのは正解だよ。ある戦いを見届けたくてね」

「……ある戦い？」

「ああ、君にも関係のあることだよ。どのみち私と君が戦う運命にあるのなら……少しくらい、時間がずれ込んでもいいだろう？」

リグルスがそんな提案を口にする。僕からすれば、彼の提案に乗る必要など、どこにもない。

けれど、『彼』に出会った瞬間から、僕の中にある一つの可能性が生まれていた。

だから、僕はリグルスの横に並ぶようにして、灯台から見下ろす。

……これから始まる、『戦い』を見届けるために。

第4章　剣聖姫《けんせいき》の決意

イリスとアリアは別行動を取っていた。

すでに、アルタが姿を消している——灯台の方に向かっていることは分かっているが、クラスのことは『任された』と認識している。

だから、それぞれがカバーできる範囲を守るために行動していた。

アルタが単独で行動しているのは、自分だけが狙われていると分かっているからだろう。

故に、イリスとアリアの方に危険が及ぶ可能性は少ない。

周囲には王国の騎士達も潜んでいる……故に、イリスにとっては安全な場所でアルタの帰りを待つことがきっと、正しい道だ。

（本当に、そうなの……？）

イリスの中に生まれたのは、そんな疑問だった。

アルタに全てを任せて、自分は何もしない——アルタはそれを望んでいるのだろう。

アルタにとっては、イリスは護衛の対象であり、剣の弟子でもある。けれど、実際には『護衛の対象』という認識の方が、アルタの中では大きいのかもしれない。

イリスよりも……先にアリアには状況を話していた、という事実については、すでにイリスの知るところでもあった。

それに嫉妬しているわけではない――アリアに話す必要があったから、アルタが狙われている状況についても、説明したのだろう。

だが、アルタはきっと、イリスにその事実を話すつもりはなかったはずだ。

（……私は、まだ守られるだけの身だから）

力が足りない――そう思った。けれど、違う。

アルタはイリスに言ったのだ。

『もしも君ができると思ったのなら――僕は君に任せますよ』、と。

「……なら、私のやるべきことは決まっているわよね」

イリスが向かったのは、崖の上に立つ灯台。曲がりくねった坂道を、イリスは進んでいた。

視界は開けているため、灯台までの道ははっきり見える。

アルタと『敵』は、きっとそこにいる。

イリスは迷うことなく、突き進んだ。腰に下げるのは《紫電《しでん》》。

紫色の刀身を持つ剣は太陽の光を浴びると、時折強く輝きを見せる。

すでに臨戦態勢に入ったイリスの視界には――一人の少女の姿があった。

「にひっ、こんなところまで何しに来たの？」

笑みを浮かべるのは、着物姿の少女……ルイノ。両手を頭の後ろに組んで、楽しげな様子を見せている。

まるで、これからお祭りにでも行くような雰囲気だ。

……ルイノにとっては、お祭りは間違っていないのかもしれないが。

「あなたこそ、ここで何をしているの？」

「決まってるじゃん。あたしの『狙い』が目立つところにいるからさぁ。手っ取り早く乱入しようと思って！」

「乱入……《剣客衆》を全て倒してから、だったはずでしょう？」

「それもそうだけど……だってあいつら、隠れてばっかりなんだもん。正直、拍子抜けしちゃうよね。こっちは夜通し探して眠いってのに……。そしたら、あんな目立つ場所に一人いるんだよ？　それも、アルタと一緒に！　二人の戦いが始まったらさ……にひっ、自然な形で交ざっちゃおうかなって」

灯台の方を見据えて、ルイノが言う。やはり、彼女には仲間意識など一切存在していない。

明確にルイノは――アルタにとって敵にしかならない存在だ。

イリスはそっと、腰に下げた剣に触れる。

「……それを抜くってことは、あたしと戦うつもりってこと？」

「ええ、そのつもりで来たわ」

「！　へえ……」

ルイノが感心したように、視線をイリスの方に向けた。

ルイノと戦う――イリスがそう答えるとは思っていなかったのだろう。

「それは、あたしを殺す覚悟ができたってこと？」

「……最初に言ったはずよ。私は、『必要があれば、そうするわ』」

「はあ……？　ここに来て、拍子抜けするようなこと言わないでよ。あたしと戦うために来たんでしょ？　それなのに、答えは同じなの？」

ルイノから笑顔が消える。

初めから、イリスの気持ちも覚悟も変わらない。

「ええ、そうよ。私の目指す道は――あくまで『騎士』だもの。ルイノ・トムラ……あなたがシュヴァイツ先生を狙うと言うのなら、私はそれを止めるだけ」

「それをするなら、あたしを殺す以外にはないと思うけど？」

「いえ、他に方法はあるわ」

「……その方法っていうのは？」

ルイノの表情が鋭くなる。

イリスがどう答えるか——きっと、それによってルイノの態度は大きく変わるだろう。

嘲笑するかもしれないし、楽しそうな笑みを浮かべるかもしれない。

けれど、どっちだっていい……相手の態度なんて、気にする必要もないのだから。

「私は——っ！」

ルイノに対し宣言しようとした時、イリスは後方から感じた気配に振り返る。

尋常ではない殺意。距離があっても、すぐに理解できた。

ルイノもまたそれに気付き、嘆息する。

「……また、いいところで邪魔が入った」

この殺意は、イリスに対して向けられたものではない。

何故《なぜ》、ルイノに対してそれほどの殺意を向けているのか分からない——それでも、敵がいることは明確に分かっている。

そして、イリスもある事実に気が付く。

「アリアと……ロットーさん……!?」

遠くからでも、そこにいる少女二人の姿は分かる。

親友であるアリアと、クラスメートのミネイ・ロットー。

その前に立つのは、赤色の剣を持つ人影。聞いている情報と合致するのは、剣客衆のゼナス・ラーデイだ。

「……っ！」

イリスは理解し、すぐに駆け出した。

ルイノと戦う決意をして、ここまでやってきた。けれど、それ以前に――アリアとクラスメートが危機に瀕《ひん》しているのならば、そちらを優先して助けようとするのがイリスだ。

「にひっ、お先に！」

「！　あなた……」

イリスよりもさらに素早く動いたのは、ルイノの方であった。

身を低くして駆け出し、圧倒的な速さでルイノがゼナスとの距離を詰める。

ゼナスもまた、アリアやミネイから視線を逸《そ》らすと、呼応するようにルイノの方へと向かう。

次の瞬間、赤色の大きな刃《やいば》が坂道を覆った。

イリスの視界に入ったのは、刃をかわしながらも、ミネイを助けるために崖から突き落とすアリアの姿。

崖の下は海だ――アリアの判断は正しい。このまま戦闘にミネイを巻き込むくらいならば、海に落とした方が安全だと考えたのだろう。

イリスもまた、すぐに状況に応じた最適解に辿《たど》り着く。――勢いのままに、イリスは崖から飛び降りた。すぐに、ミネイの姿が視界に入った。

距離はあるが、イリスは落下の勢いに任せて壁を走るように駆ける。

長くは持続しないが、わずかでもミネイとの距離が縮まればいい。

（少しでも、近くに……！）

落下するミネイの叫び声が耳に届く。

高さはあるが、海の中に落下すれば、怪我《けが》をすることはないだろう。

だが、ここの付近の海には《魔物》が出る。

イリスが危惧したのはそこだ。

数歩、壁を走るように移動したイリスは、強く絶壁を蹴る。

加速しながら斜めに落ちるイリスは、丁度ミネイが着水した付近に飛び込んだ。高く水《みず》飛沫《しぶき》を上げながら、イリスは海中で周囲の状況を確認する。

ミネイはバランスが取れずに数メートル先の、海の底で踠《もが》いていた。

（泳ぎはまだ下手だけど……っ）

アルタに教わったことを思い出す。

潜水の技術はないが――今はそんなことを考えている場合ではない。

イリスもまた、踠くように海の底へと進んでいく。

《紫電》が重りとなって、深く沈むのにはそれほど苦労しなかった。

（っ！）

イリスはすぐに、異変に気付く。

海の中で踠くミネイに反応して、魔物達《たち》が近寄ってきたのだ。

イリスもそんなに長く息を止められるわけではない。

それでも、慣れない水の中で――剣を振るう。

いつも以上に鈍くなる動きの中でも、イリスは確実に近寄ってきた魔物を打ち倒す。

それほど大きくないが、鋭い牙を持った魚類の魔物が数体。それらをイリスは打ち倒し、ミネイの身体《からだ》を支えた。

だが、パニックを起こしているミネイは、イリスが身体に触れると暴れる。

（くっ、なんとか落ち着かせないと――！）

その時、すぐ近くに何者かが飛び込んだのが見えた。

それが、アリアであることに気付くのに、さして時間はかからなかった。

アリアに反応して、再び魔物が近寄ってくるが――それらをアリアが難なく処理しながら、イリスとミネイの下へとやってくる。

水の中でも自在な動きを見せるアリアが、ミネイの首の後ろに手刀で強い一撃を加える。

ビクリ、と大きな動きのあと、ミネイが意識を失ったのが分かった。

アリアがミネイを抱えて泳ぎ、イリスはその後に続く。

海岸まで泳ぐように移動して、なんとか海からあがることができた。

「はっ、はぁ……」

——呼吸もギリギリ。

それこそ、泳ぎが得意ではないどころか、昨日アルタから習ったばかりのイリスは、本当に命がけだったと言えるだろう。

他方、アリアの方は一切呼吸を乱すこともなく、イリスの方へと近寄ってくる。

「まだほとんど泳げないのに、無茶しないで」

「……仕方ないでしょう。アリアだって、ロットーさんにあんな無茶を……」

「それは仕方ない。この子、イリスの跡をつけてたみたいだったから」

「私を……？」

「アルタ先生とイリス——それにわたしも、かな。一緒にいることが多いから、何か気になってたみたいだよ」

ちらりと、アリアがミネイに視線を送る。

ミネイは気絶したままだが、どうやらイリス達とアルタの関係について、探ろうとしていたようだ。……おそらく、彼女からすれば、学園の講師と大貴族の娘の『スキャンダル』のようなものを期待していたのかもしれない。

当然、そのようなことなど起こるはずもなく——イリスとアルタの近くで起こるのは、いつも戦いばかりだ。

だが、ミネイに怪我がなかったことに、イリスは心底安堵《あんど》する。

「……起きたら色々説明しないといけないかもしれないけれど……無事でよかったわ」

「この子は大丈夫。それより、早く上に戻らないと」

アリアが崖の上を見据えて言う。

おそらく、すでに崖の上では死闘が始まっていることだろう。

《剣客衆》のゼナス・ラーデイと、ルイノ・トムラ。いずれも実力者であることには違いない。

ただ、ルイノはすでに圧倒的な強さを以《もつ》て、剣客衆の二人を打ち倒している。

ゼナスに対しても、後れを取るようなことはないかもしれない。

それでも、イリスはあらゆる可能性に備えて、上に向かうつもりだった。

「……そうね。すぐに戻るわ」

「うん。早く行こう――」

「アリア、あなたはロットーさんをお願い」

「！　イリス……？」

イリスの言葉に、怪訝《けげん》そうな表情を浮かべるアリア。

おそらく、アリアにとっては想定外の言葉だったのだろう。

「まだロットーさんの意識が戻っていないわ。それに、敵もこれで全員とは限らない。あなたには、他のクラスの子のこともお願いしたいの」

「……イリスは、一人で戦いに行くの？」

「ええ。……いつも心配をかけて、ごめんなさい。でも、私が決めたことだから」

イリスはアリアにそう言うと、アリアが小さくため息を吐《つ》きながら答える。

「いいよ。イリスはそういう子だから。……だから、心配なんだけど。それでも、灯台には先生もいるだろうし。何かあれば、きっと先生が助けてくれると思う」

「……そう、ね。でも、今回は——違うの。私が、先生を守りたいと思っているわ。そんなこと、言える立場にはないのかもしれない。けれど、先生は私のこと、信じてくれていると思うから」

イリスが危機に陥れば、きっとアルタは助けてくれる。

その考えは、きっとイリスの中にある甘えだった。

アルタはイリスに『頼ってもいい』と言ってくれる。

本当に困った時は……イリスもアルタに頼るつもりだ。

けれど、イリスにも夢がある。

『最強の騎士』になるという、誰にも譲れない大きな夢が。イリスにはそれを叶《かな》えるだけの力があると——アルタは認めてくれている。

だからこそ、イリスのやるべきことは、すでに決まっているのだ。

「アリアも私のこと、信じてくれる？」

「……その聞き方はずるいよ。でも、イリスが決めたのなら、わたしはイリスのこと――信じる。だから、絶対に負けないでね」

「ええ、もちろんよ」

イリスは微笑《ほほえ》みを浮かべて、アリアの頭にそっと手を置く。撫《な》でるようにすると、アリアは安堵したような表情を浮かべた。

そんな二人の時間はすぐに終わり、イリスは真っすぐ崖の上を見据える。すでに始まっているであろうてっぺんの戦いに、イリスも足を踏み入れるのだ。

これより始まるのは――信念をかけた、『三《み》つ巴《どもえ》』の戦いだ。

＊＊＊

ルイノにとって戦いは、『生活の一部』のようなものであった。

凶悪な魔物が跋扈《ばっこ》する森の中で生活すれば、それだけで感覚が研ぎ澄まされ、身体的な強化にも繫《つな》がる。強者とは、『恐怖』の感情を持たない者である――ルイノはそう考えて、その感情を捨て去る生き方を続けてきた。

誰もが恐れる『死への恐怖』すらも克服し、ルイノは修羅の道を歩むことを選んだのだ。

故に、目の前の光景にも微塵《みじん》の恐怖すら感じない。

流れ続ける真っ赤な血液。それが飛び散り、刃《やいば》のようになって周囲に放たれる。

《剣客衆》ゼナス・ラーディ――自らの身体を鮮血で染め上げる彼の戦い方は、常人ならばそれを見ただけで恐れを抱くだろう。

そんな感情を持たないルイノは、ゼナスを見てにやりと口元を歪《ゆが》める。

「にひっ、いい表情だね。殺したくて殺したくて堪《たま》らない……そんな感じだよ」

「当たり前、だ。ルイノ・トムラ……俺は、お前だけは必ず、殺す」

「にひひっ、いいねっ！　そういう殺意は大事だよ。でも、どうしてあたしなのかな？」

「お前は、俺の友を、殺した」

「友？　誰のこと？」

「ロウエル、だ！」

ゼナスが表情に怒りを滲《にじ》ませながら、剣を振るう。鮮血に染まった赤い剣から放たれるのは――『血の刃』。

三日月のような形の刃が、ルイノの下へと飛翔《ひしょう》する。ルイノは身を翻して、それをかわす。

トンッと地面に爪先で触れると、瞬時にゼナスとの距離を詰めた。

「ロウエルって……誰だっけ？」

「お前ッ！」

ルイノとゼナスの剣が交わる。

絶えず血で濡《ぬ》れた刃から飛び散る鮮血は小さな刃となり、ルイノの皮膚を掠《かす》め、肉を抉《えぐ》った。

だが、その程度の攻撃でルイノが怯《ひる》むことはない。

「にひひっ、ごめんごめん。ちゃんと覚えてるよっ！　中々強かったもんね、あなたの友達」

「当たり前、だ」

「剣客衆でも友達関係とかあるんだ。それで、あたしを狙ってるの？」

「そうだ……お前だけは、殺す」

「『お前だけ』、ねぇ。ふふっ、今までだって、たくさん殺してきたんだよね？　あなたを殺したいと思ってる人も、たくさんいそうだね？」

「……何が、言いたい」

「にひっ、『戦場には死神がいる』――それだけだよ」

ルイノがゼナスの剣を弾《はじ》き、わずかに距離を取る。

だが、すぐに地面を蹴って距離を詰めた。

ルイノの刀とゼナスの剣が再び交わる。

ゼナスが剣を振るうたびに、飛び散る血液が結晶化し、刃となって周囲へ飛散する。

見れば、ゼナスの身体に模様が浮かび上がり、うっすらと魔力の輝きを帯びている。血液を武器にするために、身体に術式を刻み込んでいるのだろう。

対するルイノは、そんな魔法を含む技術は使わない。純粋な剣術と、身体強化を促すための魔力を使うだけだ。

ルイノの身体も、徐々に赤色に染まっていく。

皮膚を掠める程度の痛みなど、ルイノにとってはないに等しい。

刀を振るい、ゼナスを確実に仕留めるための一瞬を狙う。

（意外と隙がないなぁ）

だが、そんな簡単にいくものではなかった。

ゼナスの剣術はお世辞にも優れたものとは言えず、むしろ剣客衆の中では、レベルが低い方だ。ルイノからすれば、以前に戦ったロウエル・クルエスターの方がよっぽどレベルの高い剣術だったと言えるだろう。

それでも、ゼナスには隙というものがない。

距離を取れば、その範囲に優れた血の刃を放ってくる。

近くで斬り合えば、今のように少しずつ『削る』ような攻撃が繰り返されるが……これはあくまでルイノも隙を見せていないからだ。

ゼナスも、斬り合いの最中でルイノの隙をひたすらに窺《うかが》っている。

互いに放つ一撃はいずれも命を狙うものでありながら、牽制《けんせい》でしかないことも分かっている。

ルイノは一度、距離を取る。すぐさまゼナスが、大振りの技へと切り替えた。

範囲の広い血の刃が、十数メートルはあろうかという距離でも届き、迫ってくる。

ルイノはそれに対して、身を屈《かが》めるようにして駆けた。

ゼナスの大振りの剣には、死角がある。

細い剣ではなく、三日月を象《かたど》ったような形の大きな刃。――その下こそが、ゼナスにとっては死角になる。

ルイノは低い姿勢のまま瞬時にゼナスとの距離を詰める。

ゼナスもすぐに気付いたのだろう。刃を振るうのをやめようとしていたが、すぐにやめられるわけもない。

「もらいっ！」

スパンッと乾いた音が響く。

ゼナスの首を狙ったつもりだったが、ギリギリのところでかわされた。

だが、代わりに剣を握っていた『腕』をもらう。

二の腕あたりから斬り落とし、ルイノとゼナスが交差する。

ルイノはすぐに反転した。

剣を握る腕を落とした——ならば、すぐに攻勢に出れば首を取れる。

そう反射的に思考したが、振り返ったルイノが見たのは——血液によって斬り落とされた腕と繋がるゼナスの姿。

「——」

「腕を落としたくらいで、勝ったつもりか？」

ゼナスが鮮血を刃に変え、さらに血液で繋がった腕を振るう。

射程距離がさらに伸び、体勢を変えたばかりのルイノはわずかに反応が遅れる。

肩を抉るような一撃——さらに、飛び散った鮮血の刃がルイノを襲う。

素早い動きで、ルイノはゼナスとの距離を取った。

「……まともに戦ったのは初めてかもだけど、結構面倒だね、にひっ」

そう言って、ルイノはにやりと笑みを浮かべる。《剣客衆》は——当たり前だが、実力のある者が集まっている。その中でも、さらに『復讐《ふくしゅう》』という大きな目的を持つゼナスは、ルイノにとっては明確な敵となる強さがあった。

だからこそ——ルイノは笑う。

「何を、笑う？」

「にひっ、楽しければ笑うでしょ。あなた達《たち》、剣客衆だってそうじゃないの？」

「俺は戦う時は、笑わない」

ルイノの言葉を、ゼナスが否定する。

血液で繋がった腕は、そのままズルズルとゼナスの身体《からだ》をはい上がり――元に戻る。

『斬った』という事実は、皮膚を見れば分かる。

よく見れば、ゼナスは身体中、切り傷だらけだ。

「強敵との戦いは楽しむもの、でしょ？」

「違う。戦いは、仕事だ。楽しいことなど、ない」

「ふぅん、そうなの？」

「そう、だ。俺が笑うのは、お前を殺した、そのあとだ」

ぎょろりと、ゼナスがルイノを睨《にら》みつける。

ルイノは変わらぬ笑顔のまま刀を構え――そして、やってくる少女を見据えた。

「……あなたも楽しそうにはしないよねぇ。イリス・ラインフェル」

「――ええ。私の剣は、人を守るためのものだもの。でも、戦うことは嫌いではないわ」

ルイノが問いかけると、少女――イリスがそう答えた。

ゼナスも、イリスの方に視線を送る。

パリパリと音を立てて、イリスの身体の周囲に雷が走る。

「ルイノ……あなたと騎士団が協力関係にあることは知っているわ。この場においては、私とあなたは協力して戦うべき、それも分かっているの。けれど、私はシュヴァイツ先生を狙うあなたのことを看過できない……。だから、ここからは――私の個人的な戦いとさせてもらうわ。私が、あなたを止める」

紫の刀身の剣を握り、イリスが真剣な表情で言い放った。

＊＊＊

イリスは《紫電《しでん》》を構え、敵対する二人に向かい合う。

だが、ルイノも――そして、《剣客衆》のゼナスも、イリスの方にはあまり視線を向けていない。

ルイノがイリスに集中しないのは分かる。結局、彼女からすればイリスは『半端者』ということだろう。

もう一人、ゼナスについては――明らかにルイノへの殺意しか感じられなかった。

「止める、ねぇ……大層なことを口にしてるけど、ここはもう殺し合いの場なんだよ？　そんな覚悟もなく――」

「言ったでしょう、覚悟なら……あるわ」

先に動いたのはイリスだ。

ルイノとの距離を詰めて、紫電を振り上げる。

ルイノがそれを、心底つまらなそうな表情で見据えていた。

イリスは本気で人を斬れない――騎士を目指すが故に、『殺し合い』を目的に戦うことはできない。……そう考えているのだろう。

(――違う)

イリスはその考えを否定する。騎士は、人を守るものだ。『最強の騎士』を名乗るのならば、戦いにおいていつかは必ず『人を殺《あや》める』ことになる。

それでも、『必要であれば』そうする――半端だと思われてもいい。

これは、イリス個人の戦いなのだから。

「――」

イリスは一切迷わず、紫電を振り下ろす。

ルイノが驚きに目を見開き、斬られる瞬間に後方へと下がった。

わずかに肩を掠め、パクリと開いた着物の肩から素肌を露《あらわ》にする。

イリスは深く呼吸をし、再び紫電を構えた。

「これが私の覚悟よ」

「……にひっ、そっかそっか！　この前みたいに迷いがあるわけじゃないんだねぇ。それじゃ、いいよ」

ルイノが心底楽しそうに笑う。同い年くらいの少女が浮かべるとは思えないほどの、邪悪な笑み。

刀を構えて、イリスを真っ直《す》ぐ見据えた。

「あなたもあたしの敵だよ——だから、殺してあげる」

「俺を……無視、するな！」

今度はゼナスが動き出す。

剣を振るうと、鮮血が舞い散り——それが『刃』のように変形する。

血液を凝固させ、それを操っているのだろう。

イリスはゼナスを一瞥《いちべつ》すると、紫電をゆっくりと動かし——

「《閃華《せんか》》ッ！」

言葉と共に、イリスの刃から雷が迸《ほとばし》る。明確な『技』として、それを使ったことはほとんどなかった。

イリスは周囲に纏《まと》うように流れる雷撃を、自らの意思で使ったのだ。

雷撃はゼナスの周囲の血の刃に直撃すると、音を立てながら砕け散る。

ゼナスもまた、驚きの表情を浮かべた。

「剣客衆……私はあなた達に命を狙われた——私一人なら、もうここにはいられなかったと思う」

ちらりと、イリスは一瞬だけ……灯台の上に視線を送る。

きっとそこにいるであろう人に。——イリスが危機に陥れば、きっとアルタは助けに来てくれるだろう。

だが、今はそれを望まない。

頼ってもいいと、アルタはイリスに言った。

その気持ちは、イリスも同じだから。——頼られるだけの人に、信頼される人になりたいから。

「……参ります」

息を深く吸い、今度はゼナスの下へと駆ける。

ゼナスが剣を構えようとするが、先ほど放った雷撃がゼナスの身体を直撃する。

わずかに、ゼナスの動きを鈍らせた。

「……っ」

「ふっ——」

横一閃。強く踏み込むような一撃。

ゼナスがギリギリでそれを防ぐが、イリスの動きは止まらない。

続けざまに連撃を繰り出す。その一撃一撃は重く、ゼナスを後方へと下がらせる。

一呼吸の間に十を超える連撃を繰り出す。それでもなお、イリスの攻勢は続く。

「お、のれ……！」

ゼナスが体勢を立て直し、イリスの紫電を弾《はじ》き飛ばす。

ギィン、と金属のぶつかり合う音が響き渡る。

ゼナスがさらに、イリスの首元を狙い澄まして、剣を振るう。

イリスはわずかに身体を屈め、ゼナスの刃《やいば》をギリギリでかわす。

飛び散った血液が凝固し、刃となってイリスに降り注ぐが——まるで怯《ひる》むことなどない。

イリスはかわした後にできた一瞬の隙をつき——ゼナスに一撃を与える。

「……ぐ、ぬぅ」

ゼナスが目を見開く。

イリスは横をすり抜けるようにして、再びゼナスに向き直った。

瞬間——視界に入ったのは、ゼナスの首を刎《は》ね飛ばす、ルイノの姿だ。

勢いのままにイリスの下へと駆け、刃が交わる。

「あなた……！」

「にひっ、あれはあの程度じゃ死なないよ。確実に殺《や》るなら首くらい飛ばさないと」

「……殺すつもりだったわけじゃないわ」

「また『それ』？　本当に、あたしと戦う気はあるんだよね？　さっきの攻撃、確実にあたしを殺そうとしてたもんっ！」

「ええ。少なくとも、あなたとの戦いは、迷っていられるほど簡単じゃないから」

「にひひっ、それじゃあさ。さっきの話の続き――」

「まだ、だ」

「っ！」

ルイノがイリスと距離を取る。

話に割って入ったのは、ゼナスだ。

ゴボゴボと、まるで水の中で溺れるような声――イリスの視界に入ったのは、『自らの血液』で、刎ね飛ばされた首と胴体を繋《つな》いでいるゼナスの姿。

「うわぁ……さすがに、そこまでしつこい人は初めて見たよ、あたし」

ルイノが嫌悪感を示す表情で、ゼナスを見る。

異様な光景だ――確かに首と胴体が切り離されたにも拘《かか》わらず、まだゼナスは生きている。

それは妄執。それほどまでの恨みの感情を、ルイノに向けているのだ。

「あなた、一体何をしたの？」

「んー、別に？　ただ、剣客衆の友達がいたらしいんだけど、あたしがそれを殺しただけ」

「……そう。なら、あんな風に恨まれても仕方ないわね」

「にひっ、大切な人を殺されて恨むならさ……大切な人なんていなくてもいいと思わない？　ま、そんな話はどうでもいいけど……とりあえず、あの化け物から始末していい？

あなたとの決着は、その後にするから」

「いいわ。私もこれ以上……あんな姿でも戦おうとする人を見ていたくないから」

イリスは悲しげな表情で、ゼナスを見る。

もし——イリスが復讐《ふくしゅう》のために剣を振るうと決めていたのなら、ひょっとしたらイリスもああなっていたのかもしれない。そう、心の中で感じたからだ。

イリスとルイノはそれぞれ構える。

血に濡《ぬ》れたゼナスと向き合い——そして二人は駆け出した。

＊＊＊

ゼナス・ラーデイが《剣客衆》という組織に入ったのは、もう何年も前の話だ。

元々軍医であったゼナスは、同じ部隊に所属していたロウエルに誘われて、剣客衆に入ることになる。

……入った理由は至極単純であった。

軍医として人を治すよりも、殺し屋として人間を殺した方が——楽だと思ったからだ。

治療をするよりも、治療をする手間のかかる人間を殺した方が、より多くの人間を救うことができる。

剣客衆は自ら戦いを呼ぶ組織ではあったが、無双の強さを誇る十人の剣士達《たち》がいる限り、無駄な犠牲が出ることはない。

少なくとも、ゼナスはそう考えていた。

ロウエルと共に、何人も殺してきた。救った人の数だけ、人を殺してきた。

それが『おかしい』ことだと、ゼナスが気付くことはなかった。

気付かないからこそ、ゼナスは人道を踏み外したのだ。

けれど、ゼナスにも『友情』というものは感じられる。

長年、ロウエルと共に戦場を駆けてきたからこそ、彼との絆《きずな》はかけがえのないものであった。

「いつか、剣客衆の奴《やつ》らも俺達で殺そう。そして、残った俺達で――どちらが強いか決める」

「ああ、それも、面白そうだな」

――それが、ロウエルと交わした約束だ。

けれど、ロウエルは死んだ。

あの男は約束を守ることなく、呆気《あっけ》なく殺されたのだ。

ならばどうする――ゼナスの取る行動は簡単だ。

ロウエルを殺した奴を殺す――それが、ゼナスにできる唯一のことであったからだ。

＊＊＊

「グ、ギギ、グ」

声なのか、ただの音なのか――イリスには分からない。

首が再び繋がったゼナスは、両目からも血液を垂れ流しながら、復讐の念をルイノに向けている。自身に向けられたものでないと分かっていても、背筋が凍るほどのものであった。

そんな念を向けられても、ルイノは表情を崩すことなく、面倒そうにため息を吐《つ》く。

「はあ、こういうのはあまり乗り気にはならないよねぇ」

少し意外な言葉を口にした、とイリスは感じた。

イリスから見て、ルイノは戦闘狂でしかない。

そのルイノが、ゼナスのような相手を戦い甲斐《がい》があると感じるのではなく、『乗り気にはならない』と言ったのだ。

ルイノという少女にとって、殺し合いは楽しむもの――だが、すでにゼナスはルイノから見て、『死んでいる』も同然なのかもしれない。

死んだ人間を斬ることは、ルイノにとってはつまらないことなのだ。

「ゴ、ッグハ」

声にならない声を漏らし、ゼナスが剣を構える。

流れ出した血液が、ゼナスの持つ剣へと集まっていく。作り出されたのは、『真紅の鎌』。

身体《からだ》をゆうに超える大きさの鎌を振りかぶり、ゼナスがルイノを睨《にら》む。

「お、前、だけは……！」

ゼナスが倒れそうになりながらも、一歩を踏み出した。

ブンッと風を切る音と共に、真紅の鎌が地上と平行に振られる。

ルイノは身体を屈《かが》めるように駆け出し、イリスは跳躍して——それぞれ回避する。

身に纏った雷撃を《紫電《しでん》》に集中させると、イリスはその場で魔法を放つ。

紫色の雷撃がゼナスに向かって駆け、直撃した。

「……グ、ク」

イリスの放った一撃が効いているのかは分からないが、ゼナスが呻《うめ》き声《ごえ》を上げる。

だが、ゼナスの動きは止まらない。

ぐらりとバランスを崩しながらも、再び鎌を振ろうとする。

「にひっ、大振りすぎて隙だらけだねっ」

ルイノがゼナスとの距離を詰める。

地面と鎌の間はかなり狭かっただろう――それ以上に、ルイノは身を屈めて、ゼナスとの距離を詰めたのだ。

ルイノの刀による連撃。ゼナスの腕を斬り飛ばし、左胸に刀を突き立てる。

勢いよく、鎌を持った腕が飛んでいく。

どろりと、ゼナスの身体から血が溢《あふ》れ出した。

「今度こそ終わり、かな?」

「あ、ああ、お前を殺して、終わり、だ」

「――っ!」

ゼナスが残った右腕を振り上げると、ゴボゴボと音を鳴らしながら、血液で『大きな鉤爪』を作り出す。

……致命傷のはずだった。すでに、ゼナスは何度も死んでもおかしくない攻撃を受け続けている。それでもなお、ルイノの命を奪おうと、動くのをやめない。

誰かが、彼を止めなければならない。それならば――

「お前、だけ、は――」

「……もう、終わりよ。ゼナス・ラーデイ」

イリスはすでに、ゼナスとの距離を詰めていた。ゼナスが作り出した鉤爪を、剣の一振りで破壊する。

さらに、背中から一撃――ゼナスの身体が、大きく震えた。

「……ごっ、ぶ」

ルイノがゼナスの身体から刀を抜き放ち、距離を取る。

ゆらりと、一歩、二歩と歩き出したゼナスは――やがて力を失ったように、その場に倒れ伏す。

魔法によって繋がれた身体も、絶命したことによってバラバラになる。

その光景は思わず目を背けたくなるものであったが、それでもイリスは、死にゆくゼナスを真っすぐ見据えた。

ゼナスはもう、死んでいると言ってもいい状態ではあった。

それでも――最後の一撃を与えたのは、イリスだ。その手で初めて……人を殺した。

剣を握る感触がいつもとは違う。だが、イリスの心に迷いはない。

イリスは視線を移す。ゼナスの血で大地が赤く染まっていき――ルイノがその場に立った。

「にひっ、これでようやく……一対一、だね」

「ええ、そうね」

「それでさ。さっきの話の続き、聞かせてよ。それを聞かないと、なんだかもやもやしちゃうからさぁ」

「話の続き？」

「言ったじゃん！　『あたしを止める』んだよね？　それも、殺す以外の方法で！　どんな風にするのかな、って」

ルイノが期待するような表情で、問いかけてくる。

先ほどから、ずっとイリスの言葉を気にしていたようだ。

きっと、ルイノ自身にも分からないのだろう——殺し合いでしか、戦いを終わらせられない彼女には、戦いをやめるという選択はない。

イリスは小さく息を吐くと、紫電を強く握り締めて構えた。

「簡単なことよ」

それは誰にでもできることではない——けれど、アルタならば。

（シュヴァイツ先生なら、できること。私も、それくらい強くありたいから……）

決意を以《もっ》て、その言葉を口にする。

「私は《剣聖姫《けんせいき》》。今から私が、あなたを完膚なきまでに叩《たた》き潰す。指一本すら動かせないくらいにね。それが私にできる——あなたを止める唯一の方法よ」

同じ剣士であるのならば、答えはそこに辿《たど》り着く。

イリスの言葉を聞いて、ルイノは驚いたように目を丸くすると、すぐに大きな声で笑い出した。

「にひっ、にひひっ！　面白いこと言うねぇ。完膚なきまでに？　このあたしを？　にひっ、にひひひっ！　それなら、やってもらおうかなぁ……あたしも《剣客少女》を名乗ってるからさ。言わせてもらうけど――あなたはあたしが斬り殺す。絶対に、だ」

ルイノもまた、絶対の意思を示して、刀を構える。

二人は同時に動き出し、戦いは始まった。

＊＊＊

「あらら、ゼナス君は死んじゃったか……。中々頑張っていたけどねぇ」

酒をあおりながら、リグルスは苦笑いを浮かべた。

三つ巴《みつどもえ》の戦いは終わり、残るはイリスとルイノの二人だけだ。

リグルスが大きくため息を吐いたあと、ゆっくりと立ち上がる。

「結局、私がやるしかないわけか。いやぁ、ゼナス君には期待していたんだけれどねぇ。剣客衆もこれでほとんど全滅ときた。いつの時代でも、栄華というものは長く続かないものだよね。……それじゃ、私達もそろそろ始めようかねぇ？」

「いや、まだ戦いは終わっていないよ」

リグルスの言葉を、僕は否定する。

少し驚いた表情を、リグルスは浮かべていた。

「おやおや、これは意外だね。生徒が危険な目に遭っても動かないと思えば……今度は戦いを見届ける、と？」

「僕は生徒達のことを、彼女達に任せた。実際に彼女達だけでなんとかした――それだけだよ」

「いやぁ、驚いたね。随分と放任主義のようだ。それでも騎士なんだねぇ」

「ああ、これでも騎士だよ。その前に、僕は剣士だ。イリスさんが覚悟を以てルイノと戦うことを決めたのだから、僕にはそれを見届ける義務がある」

イリスは昨日、僕に悩みを打ち明けている。ルイノのように、『殺し合い』しか望まない相手に、どう接すればいいのか分からないということだった。

騎士であるのならば、当然相手を捕らえる必要だってある。イリスが悩んだのはきっと、ルイノは《剣客衆》という明確な敵から僕やイリスを守っているわけであり――同時に僕の命を狙っている存在でもあるからだ。

僕はイリスに、『できないのなら頼れ』と言った。けれど、彼女は自らの意思であそこに立っている――それが、『できる』という答えだろう。

殺さずにルイノを止められる、と。

「なるほどねぇ。ま、君が戦いを見届けたいと言うのなら、私も文句はないけどねぇ。最初に言ったのは私の方だから」

「いや――あなたも本当はこの戦いを見届けたいはずだ」

「……おや、どうしてそう思う？」

「あなたは僕にも『関係のあることだ』と言っただろう」

「それはそうさ。君を狙うのはゼナスもあの子も一緒だからね。生き残ったのがゼナス君なら、二人で君を狙うことができたから」

リグルスが惚《とぼ》けた表情で言う。それが分かるのはきっと、『僕だから』ということもあるだろう。

リグルスがずっと見ていたのは、『ゼナスの戦い』ではない――『ルイノの戦い』だ。

誰かを見守る表情には、既視感があった。かつて……ラウルのことを友人と呼んだ男、ソウキ・トムラ――彼の面影がある。

リグルスが見届けたかったのは、ゼナスではなくルイノなのだ。

「二人で狙うのなら、初めからそうしただろう。けれど、あなた達《たち》はそうしなかった」

「んー、そうだねぇ。剣客衆は、組織でありながら一緒に戦うことを好まないからねぇ」

「ああ、僕をここに留《とど》めておく……それも、あなたの狙いの一つではあるんだろうね」

「そういうことさ。そこに疑問があるかい？」

「……いや、あなたに認めるつもりがないのなら構わない。けれど、一つだけはっきりしている」

「なんだい？」

「リグルス……思い出したよ。それは本名のはずだ。あなたの名前は、リグルス・トムラだ。そして――娘は、ルイノ・トムラ」

僕ははっきりと言い放った。リグルスがまた少し驚いた表情をしたが、やがてため息を吐《つ》くと、再びその場に座り込む。

「どうして私のことを知っているのかな――いや、それについては問わないことにしよう。別に、どうだっていいことだからね。……あの子はね、私と違ってとても優秀なんだよ。幼い頃からなんでもよくできたし、刀を振るのも好きだった」

リグルスは呟《つぶや》くように言う。

もはや隠すつもりはないようで、ルイノを見据える視線は、子を見守る親のものであった。

「あなたが剣客衆にいることを、ルイノは知っているのかな？」

「知らないさ。ルイノはもう、家族は一人も生き残っていないと思っている。そう仕向けたのは私だからね」

「……なんだって？」

「そんな話はあとでもいいじゃないか。ほら、もう戦いが始まるよ。ところで君は、ルイノとイリス――どっちが勝つと思う？」

リグルスがそう、問いかけてくる。

リグルスもまた、この戦いを見届けると決めたようだ。

僕も、二人を見下ろすようにして立つ。

イリスとルイノ――いずれも実力はある。僕から見ても、二人の実力は近いものだと理解できた。

どちらが勝つかなど、実力が拮抗《きっこう》している者同士の戦いでは分かるはずもない。

力尽きるか、一瞬の失敗か、あるいはわずかな力の差か――勝敗を決する要因はいくらでもある。

僕は戦いという場を、贔屓目《ひいきめ》に見たことはなかった。

《剣聖》という立場であれば、僕の答えは『分からない』だ。

けれど、彼女の師匠として見るのであれば――答えは違う。

「イリスさんは負けないだろうね。彼女はそういう子だ。誰よりも努力して、誰よりも悩んで、それでもこの場に立っている。この戦いは――イリスさんが勝つよ」

「そうかい、そこまで言い切るとはねぇ」

「あなたはどちらが勝つと思う？」

「そうだねぇ……『分からない』が正解なんだろうけれど、そこまで言われたら、私もこう答えるしかない。ルイノが勝つ――絶対に」

にやりと笑みを浮かべて、リグルスが答えた。

ルイノの勝利に対して、本当の意味で『信じている』と感じられる物言いだ。

僕は再び、イリスとルイノの戦いに視線を向ける。

彼女達の結末を、見届けるために。

＊＊＊

イリスの剣とルイノの刀が交わった。周囲に響き渡る金属音。それは一度ならず、断続的に続く。

《紫電《しでん》》を扱う時、イリスはその刀身のみならず、身体《からだ》にも紫色の雷撃を纏《まと》う。

だが、今は纏っていない。刀身から迸《ほとばし》る雷は音を立てるが、イリスは意識的に『それ』をコントロールしていた。

ただ闇雲に力を放つだけでは、効かない相手が多い。

ルイノの戦いはすでに見てきた。様子見も牽制《けんせい》も必要もない。自らの肉体に流れる魔力を、剣を振るうために使う。

ルイノの戦い方もそうだ。彼女は魔法に頼る戦い方はしない――単純に一撃一撃、力を込めて刀を振るう。互いの剣速の差はほとんど存在しない。

全ての一振りにおいて、勝敗を決する可能性があった。

「にひっ、いいね！　やっぱり戦いはこうじゃないと！」

嬉《うれ》しそうに笑みを浮かべて、ルイノが言う。イリスの刃をギリギリでかわしたつもりが、わずかに着物に切れ目が入る。

そんな些細《ささい》なことは一切、気にも留めない。

ルイノが一歩踏み出し、イリスの胸元に向かって刀を突く。

イリスはすぐに反応し、紫電で突きを防ぐ――否、受け流す。わずかに刀身を逸《そ》らして威力をそのままに。

そうして作り出した『隙』を見て、イリスは速い剣撃を繰り出した。

「ふっ！」

「にひっ、当たらないっての《の》！」

ルイノが身体を大きく仰け反らせて、イリスの攻撃をかわす。勢いをそのままに両手を地面に突くと、繰り出したのは蹴り。

イリスの紫電を持つ手を狙ったものだ。

「っ！」

無理やり、イリスは腕が上がった状態にさせられる。ルイノはすでに体勢を戻し、膝を曲げて身を屈《かが》めていた。地面を蹴り、素早い動きでイリスの首を狙う。

（速い――）

回避からの反撃。さらに攻勢に出るまでの速さが桁違いだ。イリスとは、『実戦の経験値』において圧倒的な差がある。

だが、イリスとて一対一の戦いの経験は数多い。

特に純粋な『白兵戦』において、イリスは多くの者から最強と呼ばれているのだ。その言葉は、まだ十五歳のイリスにとってはあまりに重いもの。

けれど、それよりも歳若《とし》いアルタが、『王国最強』を名乗ると約束してくれた。イリスが目指す先を、教えてくれた。

そんな人を『守る』ために、ここにいるのだ――この程度で、負けるなどあり得ない。

イリスはバランスを崩したが、あえて体勢を整えることはせず、大きく仰け反る。勢いよく飛び出してきたルイノの刃はギリギリのところで空を切る。

イリスは身体をひねり、後方を向く。

ルイノが空中で回転しながら、すぐにこちらを向いていることに気付く。そして、

「これが、あたしの本当の――戦い方だよ」

ルイノの足元に作り出されたのは、『魔力の壁』。およそ、魔法というレベルにすら達していない粗末なものであるが――足場としては、それで十分だろう。

両足をバネにして、再びイリスの下へと加速して戻ってくる。

ほぼ水平の跳躍。イリスは即座に防御の体勢に入るが、ルイノの勢いを殺し切ることはできない。

致命傷にはならなかったが、イリスの肩に一撃。

決して浅くはなく、痛みにイリスは顔を歪《ゆが》める。だが、ルイノの攻撃はこれで終わらない。

イリスは即座に身を翻す――ルイノは再び、攻勢に入っていた。

眼前にまで迫る刃。イリスはまたギリギリのところでそれを防ぐ。擦《こす》れるような金属音が響き渡り、二人は交差する。

またも、威力を殺し切れずに、イリスは腕を斬られる。

（まだ、反応が足りない……！）

次いで三撃目。

ルイノの勢いは止まることなく、今度は少し高めの位置から滑空するようにイリスへと迫る。

「ふぅ――」

小さく呼吸をして、イリスは意識を整える。

速度と勢いに惑わされるな――ルイノの動きは、決して特殊なものではない。

むしろ、イリスの命を確実に奪おうとする一撃は、シンプルで分かりやすい。

また反応はわずかに遅れたが――今度の攻撃は、確実に防ぎ切る。すれ違いざまに、ルイノの表情がわずかに揺らいだのが見えた。

一撃目、二撃目は、確実にイリスに傷を負わせることができた。

だが、三撃目で、イリスはそれを見切ったのだ。続く四撃目には、イリスの刃の方が先行した。

勢いのままに跳躍したルイノは、イリスの刃を防ぐようにしながら交差する。

地面を転がりながら、ルイノが体勢を立て直した。

「……少し驚いたよ。まさか、あたしの攻撃にたった三撃で追いついて、それをさらに超えるなんて」

四撃目に至っては、ルイノの方に傷を負わせている。

戦いの中で、イリスは常に成長する。その成長は著しく、戦いが激しくあればあるほど――イリスは力を手に入れる。

紫電を構え、イリスはルイノを見据えた。ルイノも身を低くしたまま、刀を握り締め、構える。

「言ったでしょう。私はあなたを止める、と」

「完膚なきまでに、だっけ？　言葉通りとはいかないみたいだね」

「……そうね。けれど、これだけは言わせてもらうわ。勝つのは――私よ」

「にひひっ、いいねぇ。そこにあたしに対する殺意があれば、もっと楽しめたのになぁ。それだけ強いのに、どうして戦いをもっと楽しもうと思わないの？　ギリギリの……命の奪い合いを楽しむつもりはない？　今からでも、遅くはないよ」

ゆらりと刀を揺らし、誘うような仕草を見せるルイノ。まだ、イリスに対して『殺し合い』を望んでいるようだ。

それに応えるのは、至極簡単なことである。

イリスが何も考えずに、ルイノを殺すと決意する――それだけでいい。

きっと、その方が楽だろう。何も考えずに力を振るう方が、難しく考えるより何倍も。

けれど、イリスの選んだ道は……困難でも、夢を叶《かな》える道だ。

「私の考えは変わらないわ」

「……そっか。残念だなぁ」

「私も、あなたに確認したいことがあるの」

「……確認？」

「そう。ルイノ、あなたはどうして――ゼナスと戦おうとしたの？」

ずっと疑問だったことだ。

ここにやってきた時点で、イリスとルイノが対峙《たいじ》した時点で――こうなるはずだった。

イリスが戦うと宣言すれば、ルイノはイリスと戦うことを選ぶ、と。

それなのに、ルイノはゼナスを視界に捉えると、迷うことなくそちらに向かったのだ。

「別に、深い意味はないけど。剣客衆はアルタ・シュヴァイツを狙ってる。いずれ邪魔になるから、始末するつもりだった……それだけだよ」

「それなら、私も同じく邪魔になるはずよ。むしろ、シュヴァイツ先生を守ろうとして、こうして戦っているのだから」

そういう意味ならば、間違いなくイリスの方が、ルイノにとっては邪魔になる。

けれど、ルイノはイリスを放っておいても——わざわざゼナスと戦うことを選んだ。

王都ではまともに戦おうとはしなかったというゼナスを相手に、今度は嬉々《きき》として挑んでいった。

ルイノの行動には、どこか引っ掛かるものがある。

「……何が言いたいのかな？」

ルイノの表情が鋭くなる。

イリスが辿《たど》り着いた結論は、間違っているかもしれない。けれど、ルイノが刀を振るう理由は、きっと戦いを楽しむだけではない。

「騎士団と協力関係を結んだのも、シュヴァイツ先生と戦うためだって聞いたわ。きっと、それは本心なんだと思う」

「もちろん、そのつもりだよ。だから、あなたはあたしを止めようとしてるんだよね？」

「そうよ。私があなたを殺さずに止めたいと思ったのは——あなたが、ただ殺しを楽しんでいるわけじゃないと思ったから」

「……はあ？」

ルイノの表情が険しくなる。

イリスはそのまま、言葉を続けた。

「あなたが本当に戦いを楽しんでいるだけなら……きっと王都でも激しい戦いが起こったはず。でも、実際に被害が出たのは騎士団だけだって聞いたわ。この町でもそう。あなたが殺したのは……剣客衆だけ。唯一、シュヴァイツ先生を狙っているということ以外では、あなたの行動はむしろ、気を遣っているように見えたわ」

ルイノの行動には一貫性がないように見えて、一つの法則性がある。

「何それ。まるであたしが……わざわざ他人のために戦ってるとでも言いたいの？　そんな、『正義の味方』みたいなこと？」

「……正義という言葉は、そんな簡単に使っていいものじゃない。けれど、あなたがゼナスと戦うことを選んだのは、ゼナスがアリアとロットーさんを狙ったからでしょう？　あなたは『強者の敵』で、『弱者の味方』なのよ。だから……私はあなたを止めたいと思ったの」

あくまでイリスの、憶測に過ぎないことだ。今だって、ルイノがイリスの命を確実に奪おうと刀を振るっていることは間違いない。

けれど、昨日のルイノは――イリスと戦おうとすらしなかった。

強さを認めながら、戦うことはしなかったのだ。

それが、イリスの中で疑問を生むことになり、一つの答えに辿り着いた。

強者と戦うことを望み、弱者が傷つくことを嫌う――それが、ルイノ・トムラという少女なのではないか、と。

イリスの言葉を聞いたルイノは、にやりと顔を歪めて笑い出す。

「……にひっ、にひひひひひっ！　本当に、あなたは面白いこと言うねぇ？　あたしの行動だけで、そこまで言える理由でもあるの？」

「似てるのよ、私と」

「……似てる？」

「そう。一人でなんでもできると思って、誰にも頼らずに――強くなろうとした。そして、私より強いかもしれない人が現れたら、その人と戦おうとした。私の方が強いんだって、証明しようとしたの。私は、『最強の騎士』になるんだって。あなたにも、似たような気持ちがあるんじゃないの？」

「そういうことかぁ。うんうん、大事な気持ちだよね。でもさ――」

ルイノの顔から、笑みが消える。

「知った風な口を……いつまでも利くな」

刀を構えて、ルイノが駆け出す。尋常ではない速さから繰り出される十連撃。

躍るように放たれた剣術を――イリスは全て防ぎ切る。刃《やいば》と刃が交わり、二人の視線が交差する。

ルイノの表情は、驚きに満ちていた。

「なんで、急に……」

「急なんかじゃないわ。私の強さは変わってない。あなたの剣に、動揺が伝わっているのよ」

「あたしが動揺……？　ふざけるな。あなたの言葉くらいで……！」

怒りを露《あらわ》にした表情を見せるルイノ。言葉とは裏腹に、今まで最も感情を表に出している――何を考えているか、全く分からなかった相手が、だ。

けれど、怒っているからこそ、一つの事実が証明されたことになる。

イリスの言葉は本当で――ルイノはそれを否定できない。

だから、怒りという感情を露にしているのだ。

かつてアルタに、復讐《ふくしゅう》心を指摘されたイリスだからこそ、理解できる。

ルイノはきっと、自分と同じなのだと。

イリスがルイノの刀を弾《はじ》き、連撃を繰り出す。ルイノはそれを防ぎ、かわす。

すぐに反撃に出ようとするが、イリスはそれを許さない。

素早い剣撃を繰り出し、ルイノに反撃する暇を与えない。剣速はほとんど同じであったはずだ——だが、今はイリスの方が優勢だ。

ルイノが堪《たま》らず跳躍し、イリスとの距離を取る。

ルイノはすぐに刀を構えるが、すでに呼吸は乱れている。先ほどまでの余裕のある態度とは、まるで違っていた。

イリスはルイノを追うようなことはしない。それが、再びルイノの怒りを買う。

「はっ、はっ……なんで追ってこないの？　絶好のチャンスだったのに」

「……あなたを揺さぶって勝つつもりなんて、ないからよ。こんなに動揺するとは思ってなかったから」

「動揺？　にひっ、勝手に決めつけないでよ。あたしが……『弱者の味方』？　笑っちゃうよね。弱い人間のことなんて、考えたことないよ。だって、弱い人間は淘汰《とうた》されるしかないんだから。戦場では、弱い人間から死んでいくんだよ？　だから——」

ルイノはそこまで言葉を続けると、ハッとした表情を浮かべて、ピタリと話すのをやめる。

口を滑らせそうになったのを、止めるかのように。

「……だから？」

「……にひっ、くだらないなぁ」

トンッと、ルイノが地面を蹴る。

垂直に跳躍すると、足元に魔力の壁を作りながら段々と上空へと上がっていく。

やがて十数メートルという高さまで辿り着くと、ルイノは反転し――先ほどと同じように、自らの作り出した魔力の壁に張りついた。

今度はイリスの方向に。そして、異常なまでの量の魔力を刃に込めて。

「あなたと話すと、イライラするから……もう終わらせるよ」

＊＊＊

ルイノ・トムラは幼い頃から、剣や刀を振るのが好きだった。

祖父や両親は刀を振るう家系であり、ルイノも一本の刀を貰《もら》って、それを大事に使った。

いつかは、剣士として有名になる――そんな女の子らしくない願いを抱きながらも、彼女は実に真っ当であった。

誰か困っている人がいれば、助ける。それがルイノという少女であり、幼いながらも『他人のため』が当たり前のようにできていた。

だから、ルイノはいつも修行ばかりしていた。

祖父も両親も、皆強い人ばかり。特に、ルイノにとって祖父は憧れの人であった。

――ルイノが変わってしまったのは、家族が殺された時からだろうか。

最初に失ったのは母だった。

悲しむ気持ちはあったけれど、祖父は優しく接して、励ましてくれた。母を失っても、優しい祖父がルイノの支えになってくれる。

だから、ルイノはまだ耐えられた。

母がいなくても、強い祖父がいる。父だっている。

ルイノにとっての目標はまだいてくれて、剣士として強くなる意味があった。

母も、きっとルイノが強くなることを望んでくれるだろう、と。

そして、いつも笑顔で迎えてくれるはずの祖父が、血塗《ちまみ》れで倒れていたことは――今でも鮮明に思い出せてしまう。大好きな祖父を失った。

母がいなくなってから、それほど時間も経《た》たずに、だ。

一人の少女の気持ちを壊すには、十分すぎる出来事だった。

その日に、まだ父が支えになってくれたら、ルイノはかろうじて正気を保てたのかもしれない。

けれど、その日に『父と思われる死体』を目にした。

首がなかったけれど、着ている服は父のものであった。

(どうして……どうしてどうしてどうして——)

ルイノは絶望するのではなく、ただ考えた。どうしてこうなってしまったのか……祖父も両親も、ルイノより優れた剣術の使い手であった。負けるのには理由がある。負けた方が弱い。

かつて、祖父が言っていた。

「戦場では『死神』に選ばれた奴《やつ》から死んでいくのさ」

「死神?」

「ああ、どんなに生きたくても、そいつに見つかっちまったら終わりさ」

「お祖父《じい》ちゃんは、死神を見たことあるの?」

「ああ、あるぜ。ま、俺と死神は仲がよかったからな! だからこうして、今も可愛《かわい》い孫と一緒にいられるんだからな」

——だが、祖父は死んだ。それが、『死神に選ばれる』ということなのか。

『死神と仲良し』だと言っていたのに、それでも殺されてしまったのだ。

ならば、どうする。簡単なこと——強くなればいい。

死神に選ばれて殺されるというのなら、死神すら——否、《神》を殺す力を手に入れよう。

たとえ相手が神だろうと、悪魔だろうと関係ない。

全てを斬り殺す力をルイノは望み、そうして力をつけた。ありとあらゆる強者を捩《ね》じ伏せる、絶対的な強さ。

ルイノは強者を殺し続ける。それがルイノにとって『死神の存在を消す』ことなのだから。

そして手に入れた――何者も、『この一刀』を防ぐことはできない。その一振りの名は、

「心身一刀――《神斬殺し《かみきりころし》》ッ！」

まるで一つの刃になったかのように。ルイノはイリスに向かって跳んだ。

＊＊＊

ずっと、父のような『正義の味方』になりたいと思っていた。

いつかそうなれると思っていたし、当たり前のように父はイリスのことを見守ってくれるものだと思っていた。

そんな父――ガルロが目の前で殺されて、イリスの考えは変わった。

ガルロがいなくなったのなら、誰かが正義の味方にならなければならない。

代わりになる誰かは……自分しかいない。

そう思っていたイリスは、アルタと出会って変わった。

誰かを守るために戦い、『最強の騎士』を目指すという……明確な目標ができた。

アルタは誰よりも強い。

最強の騎士であった父よりも、最強を目指す自分よりも。

目標とする誰かがいるというのは、こんなにも気持ちが楽なのだと、初めて知った。

きっと誰も『認めてくれない』ような夢を支えてくれる人が、イリスの周りにはいる。

イリスにとってはこれほど嬉《うれ》しいことはなく、やっと『強くなってきた』ことを実感できるようになったのだ。

だから――最近は昔のことをよく思い出す。

目標であった父を失った日から、イリスはあまり父との会話を思い出そうとはしなかった。

過去に縋《すが》りついても、父は帰ってこないのだから。……けれど、今は違う。

父は死んでしまったが、それでもイリスに遺《のこ》してくれたものがある。

《紫電《しでん》》を完璧に振るうガルロが見せてくれた、一つの技。

たった一振り。けれど、今でもその剣の輝きは覚えている。

美しくて、かっこよくて、イリスが憧れた――父の技だ。

「すごい、すごい！　今の技、どうやったの!?」

「これはな。俺が編み出した技なんだ。技といっても、たった一振りの……力を振り絞った剣技だがな」

「父様が？」

「ああ。イリスは、神様を信じるか？」

「神様……？」

「そうだ。剣の世界で言えば……《剣聖》がそれに当たるかもしれないな。俺も、それくらいの強さを手に入れたいと思っている」

ガルロが言う剣聖についてはイリスも聞いたことがあった。

誰よりも強く、どこにも属さない最強の剣士。

「父様の憧れの人？」

イリスの問いかけに、少しだけ沈黙したあと、ガルロが答える。

「剣術という面では、憧れていると言えるかな。けれど、俺は俺らしく……人々を守るために剣を振るうつもりさ。だから、この技にはある神様の名前を借りることにした。気性は荒いが、誰よりも優しい……神の名前だ。雷を恐れる人は多いが、俺はこの剣と共に――人々を守るつもりだ」

「私も、いつかそんな騎士になりたいっ」

「ははっ、イリスは騎士になりたいんだな。そうだな……なら、俺がしっかり稽古してやらないとな」

「うんっ」

幼いイリスに、ガルロの言葉の全てがきちんと理解できていたとは思えない。

けれど、『人々を守る』という言葉は、イリスの記憶にはっきりと残り引き継がれている。

一度しか見たことのない技も――イリスの中には刻み込まれていた。

雷魔法の根源とされ、悪《あ》しき魔獣から人々を守り抜いた伝説を持つ神の名は――

「《雷神》」

けたたましい音を立て、イリスは紫色に強く輝く刃《やいば》を振るった。

＊＊＊

刃の交わる瞬間、周囲に轟音《ごうおん》が響き渡る。魔力の刃と、雷の一閃《いっせん》――刃と刃がぶつかり合い、その時は一瞬で過ぎ去った。

空中から勢いをつけて落下したルイノが地面を転がり、やがて倒れ伏す。

握った刀の刀身はへし折れていた。

他方、《紫電》を振り切ったイリスは、しっかりと両足を踏み締めて立つ。

「はぁ……」

大きく息を吐き出し、イリスはルイノの方へと振り返る。

ルイノもまた、イリスの方を向いて立ち上がろうとしていた。

折れた刀の柄《つか》を握り締め、震える身体《からだ》で、それでも必死に足掻《あが》く。だが、

「……っ」

ズシャリと、再び倒れる。

イリスもすでに限界に近かった。互いに魔力を最大限に込めた、必殺の一撃。

たった一振りでここまで消耗したのは、イリスにとっても初めての経験だ。

それでも、まだ倒れるわけにはいかない。

イリスはゆっくりと歩き出し、ルイノの前に立つ。

「私の……勝ちね」

「……にひっ、勝ち負けは、どちらかが死ぬまで……決まらないよ」

もうほとんど動けない状態でありながら、ルイノは顔を上げて、イリスを見る。

その瞳はまだ敗北を認めていない――この状態でも、ルイノはまだ戦うつもりなのだ。

イリスにも、今のルイノと同じような経験がある。……絶対に負けられない戦いでは、
限界を超えたとしても身体を必死に動かそうとするのだ。

「あたしを、止めるなら――」

「殺すしかない？　はっきり言うわ。あなたは私に負けたの。敗者は、自ら死ぬことを選ぶことだってできないのよ。今みたいに、ね」

ルイノが自害を選ぶとは思えないが、すでにそんな力も残っていないだろう。

イリスとのぶつかり合いに全力を尽くし、そして敗れたのだ。

今の彼女は、何もすることができない。

イリスは言葉を続ける。

「あなたがまだシュヴァイツ先生を狙うつもりなら、それでも構わないわ。けれど一つだけ――あなたは私に負けたの。シュヴァイツ先生は、私なんかよりずっと強い。それこそ、私が剣を教わるくらい……ずっと強いんだから。私はそんな先生の弟子よ。弟子である私に負けたあなたに先生と戦う資格があるなんて、思わないで」

「あたしには、その資格はない……って？」

「ないわよ。少なくとも、私を倒すことができるまでは――あなたにそんな資格はない。あなたがシュヴァイツ先生と戦いたいのなら、まずは私を倒せるくらい強くなることね」

イリスとルイノに、力の差はほとんど存在しない。

今回はわずかに、イリスの方がルイノを上回ったに過ぎないのだ。

それを理解した上で、イリスははっきりと言葉にした。

自らの身を危険に曝《さら》していることは分かっている――アルタはイリスの護衛であり、本来であれば、イリスと戦う前にアルタがルイノと戦うのが筋であろう。

けれど、イリスはただ守られるだけの存在でいるつもりはない。

アルタがイリスを守ってくれるように、イリスもまた、いずれはアルタを守れるようになりたかった。——これはその第一歩だ。

イリスの言葉を聞いて、ルイノはくすりと笑う。

「にひっ、あなたに勝てないようじゃ……アルタ・シュヴァイツには勝てない、ね。確かに、言葉通りなのかな。あたしは——あなたに負けた」

ルイノが立ち上がろうとするのをやめる。

ごろんと寝転がり、空を見上げた。

しばしの沈黙の後、ルイノは握り締めた折れた刀を——イリスへと向ける。

「じゃあ、次はあなたのこと……狙うよ？　あなたがあたしを生かすのなら、あたしはあなたのことを狙い続ける。それでもあなたは——あたしを殺さないって言うんだ？」

「ええ、私だけを狙うのなら……私はあなたを殺さないわ。何度だって戦って、叩《たた》きのめしてあげる。だから、あなたの本当の気持ちを、聞かせて？」

「……本当の？」

「あなたは、どうして強い人と戦いたがるの？」

はっきりと、ルイノから理由を聞いていない。

答えてくれるか分からなかったが、イリスには知っておく必要があった。

本当に彼女が、戦いを純粋に楽しむだけの少女であるのなら——いずれはルイノと完全に決着をつけなければならないからだ。

イリスの問いかけに、ルイノが小さく息を吐くと、

「ふぅ……そんなこと、気にして聞かれるなんて、初めてだけど……。うん、一つだけ言えるのは——あたしが一番強ければ、それで全てが解決するってこと。あたしが一番なら、あたし以外には、きっと誰も、傷つかない、から」

そこまで言い終えると、脱力して握った刀を落とす。

もはや意識を保つのも限界だったのだろう。刃を交えて、ようやくルイノの本心を聞き出すことができた。

彼女はやはり、イリスと同じだ。ただ、強くなるための過程と方法が異なるだけ。

それだけ確認できれば、十分だ。

それに、アルタとルイノは知り合いなのかもしれない。

アルタははっきりとは言わなかったが、それでもアルタの態度を見て、イリスはルイノを止めたいと思ったのだ。

「……はっ」

イリスもまた、限界を迎えてその場に膝を突く。

すでに立っているのも困難だった――けれど、イリスにはまだやるべきことが残っている。

灯台の上に、アルタがいる。《剣客衆》はまだ残っているはずだ。

彼を狙う剣客衆を、イリスは残らず倒さなければならない。

(……！　私は、いつもそんなことばかり考えるわね)

そこで、イリスはハッとした表情を浮かべる。

限界を迎えたイリスがアルタのところへ行ったところで、きっと足手まといになるだけだ。

アルタは『頑張ったな』と褒めてくれるかもしれないが、そんな言葉のために頑張るのではない。

――それがまだできないのであれば、僕を頼ってください。

アルタの言葉だ。

イリスは、『殺さずに勝利を手にする』ことができた。けれど、まだ……その上でアルタを守るだけの力はない。

イリスはまだ、アルタに頼る立場にあるのだ。

それに、イリス自身が信じていることだ。アルタは王国で――『最強の騎士』なのだから。

イリスよりも強く、ガルロよりも強い。そんな彼が、負けることなど絶対にないと、信じているのだから。

（ごめんなさい、先生。あとは――任せます）

イリスは紫電を握り締め、その剣先を灯台の上へと向ける。

今できることは、全てやった。だから、『アルタのことを信じている』という気持ちを込めて。

第5章 辿《たど》り着く答え

灯台の上からでも、決着がついたことは分かった。倒れ伏すルイノを背にして、イリスがこちらに剣を向けている。

勝利した——そして、あとは任せるという意思が、伝わってくる。

僕も彼女に応えて、腰に下げた《碧甲剣《へきこうけん》》を抜き放ち、イリスに向かって刃先を向ける。

確かに受け取った、と。

「……やれやれ。ルイノは負けてしまったかぁ」

ふぅ、とリグルスが大きくため息を吐《つ》き、空を見上げた。

そして、再び酒をあおる。

どうやら、ルイノが勝つと本気で信じていたようだ。

静かに酒の入った瓢簞《ひょうたん》を置く。

「途中までは、間違いなくルイノの方が優勢だった。けれど、功を焦ったのかな。あそこで早々に、決着をつけようとする必要はなかったかな。君はどう思う？」

「確かに、判断は早かったかもしれない。けれど、あのまま戦えば——どのみち勝つのはイリスさんだった」

イリスは戦いの中で常に成長できる子だ。

今の戦いでも、リグルスの言う通り、初めはルイノの方が優勢であった。

だが、わずか数撃の間にルイノの一撃に追いつき、超える一振りを放ったのはイリスだ。

そして、最後の一刀――二人とも全力を出し切り、なおも立っていたのはイリスだった。

「僕とあなたがどう話したところで、結果は変わらないよ。イリスさんはルイノを倒した――それが事実であり、真実だよ。イリスさんは自分の目指すものと向かい合って、それを手に入れたんだ」

「目指すもの、ねえ……。確かに、イリスとルイノの戦いは、ルイノの負けだね」

『イリスとルイノの戦いは』――その言葉が意図するのは、次の戦い。

……僕と、リグルスの戦いのことだろう。

「よっと。さて、私と君の決着をつける時だけどね。正直、私では君に勝てないだろうね」

リグルスは腰に下げた刀の柄を撫《な》でながら、そんなことを言い放つ。

戦う前から諦めたような言葉を口にするのは、《剣客衆》ではきっと彼ぐらいだろう。

「その前に、真実を話してもらおうかな」

「……真実？」

「あなたが、今のルイノになるように仕向けた……その話だよ」

「ああ！　その話か！」

思い出したように、リグルスが手を合わせる。

僕にはその話を聞く必要があった。

「別に、特別な話ではないんだけどねぇ。何から話したらいいものか……」

「なら、簡潔に聞こう。あなた以外の、ルイノの家族はどうした？」

ルイノの祖父——ソウキが亡くなっていることは、ルイノの口から聞いている。息子であるはずのリグルスは生きていて、剣客衆という組織に属し、その娘のルイノは修羅の道を生きている。

あの男の家族が、どうしてそのような道を進むことになったのか。

「私以外、ねえ。そうだな……簡潔に言うのなら、私の妻——ルイノの母は、死んでいるよ。私の父親の……命を狙った連中の一人に殺された」

「！　あなたの父の……」

ソウキは僕の前世——ラウル・イザルフとも戦場でよく共に戦った。

そういう意味では、確かに命を狙われるような恨みを買うこともあっただろう。

僕も似たような人生を送り、前に立った人間は悉《ことごと》く打ち倒してきたのだから。

だが、ソウキは家族との生活を選び、身を隠したはずであった。

「父を探していた男は、父が仕事で協力した戦争の……敗戦国の騎士だった。復讐《ふくしゅう》心というのはすごいものだねぇ。遥《はる》か遠くの国だというのに、私達《たち》の下まで辿り着いたんだから。そして——彼は私の妻の命を奪った」

そこまでの過程がどうであったかは、リグルスは語らない。それだけでも、リグルスの妻が亡くなったという事実は十分に伝わるからだ。

だが、それだけではまだ足りない。

「あなたの……父もその時、殺されたのか？」

「いや、父を殺したのは——私だ」

「——！」

僕は驚きに目を見開く。

ソウキを殺したのは、息子であるリグルスだというのだ。……どうして、そのようなことになったのか。

「別に、驚くようなことではないよ。私は見ての通り、剣術に優れた男ではなくてねぇ。当時なんか、そこらの国の兵士よりも弱かっただろうね。でも……それなりには強くなったんだ」

リグルスが笑みを浮かべて、言葉を続ける。

「復讐心——私の妻を殺した男を殺したい一心でね。私は刀を握り、強くなったんだ。あぁ、人はこんな簡単なことで……『気持ち一つ』で強くなれるんだと実感したことはそれまでなかったよ。私の妻を殺した男はね、あえて逃げ出したんだよ。父が同じように復讐の心を持って戦いに来ることを期待したんだろうねぇ。けれど、父は行かなかった。それどころか、私に『復讐はやめろ』などと言うじゃないか。誰のせいでこうなったんだと……私は思ったねぇ」

ふぅ、と大きく息を吐き出し、リグルスが視線を逸《そ》らす。その方向には、イリスとルイノがいた。

「その時、思いついたんだ。私ですら祖父と斬り合い、殺すほどの力を手に入れた。なら、まだ幼い娘ならどうなる？　母を失っただけでは足りなかったらしい……だから、祖父も失わせ、私の死を偽装した」

「娘のルイノから、全てを奪ったのか」

「違うね。与えたのさ……父として、ルイノに復讐心という絶対の力を与えた。はっきり言えば、結果は成功だったよ。わずか数年で、ルイノは私の妻を殺した男など、歯牙にもかけずに葬り去った。それも、私が仕向けたことだけれどねぇ。けれど、まだルイノは強くなれると、思ったんだ」

「……なるほど。だから——剣客衆を作ったのか」

僕は、アディル・グラッツが剣客衆を作ったのだと思っていた。死闘を好む戦闘狂集団——だが、今の話を聞いて納得する。剣客衆は、リグルスが作り出したものなのだと。

「実際に作ったのはアディル君だよ。私は、そうなるようにそそのかしただけさ。彼は何より、戦いを好む性格であったからねぇ。自然と同じような人間が集まってきた。……だというのに、アディル君も含めて君にやられてしまうとは」

「ルイノに、剣客衆の全員を斬らせるつもりだったのか？」

「！　そう、その通りさ。ルイノが強くなる機会はね……私が作らなければならないからね。なにせ、私と違ってあの子には才能がある。無駄にはできないよ。まあ、それも当てが外れてしまったかな。イリス――《剣聖姫《けんせいき》》に負けるなんてね。奇《く》しくも、父がよく話していた《剣聖》の名を借りた女の子に負けるなんて、とんだ皮肉だよ」

「あなたは、どうして娘にそんな道を選ばせた。一緒に生きる道もあったはずだ」

ソウキは……その道を選んだからこそ、復讐の道を選ばなかったのだろう。いずれは、自ら決着をつけるつもりだったのかもしれない。

だが、彼は家族想《おも》いの男であった。

故に、修羅に堕《お》ちようとする息子のことを放っておけなかったのだろう。

僕の言葉に、リグルスは小さく嘆息する。

「そんな道なんてないさ。誰よりも強くなること――それが、ルイノが幸せに生きることができる唯一の道なんだよ。それこそ剣聖だって、誰にも負けないから生きていられたんだ。なにも間違った道じゃない。それに、今更こんな話をしてなんになるんだい？　子供の身でありながらそこまでの力を手に入れた君は……復讐を否定するのかな？」

「僕は復讐を否定しない。それもまた、強くなるための道だからだ」

「だろう？」

「復讐でも強くはなれる。剣聖は何も持たなかった故に強くなれた――どれも、一つの事実だ。けれどね、『誰かを守りたい』……そんな気持ちだけで、あそこまで強くなれる子もいるんだ。あなたの言葉を借りるなら、見事に『気持ち一つ』でね」

イリス・ラインフェル――大貴族の娘であり、一度は復讐という道で強くなろうとした。

けれど、彼女はその道を選ばずにここまで来た。

彼女の存在こそが、僕にとって『復讐』以外でも強くなれるという証明だ。

「……それを言ったところでどうなる？　まさか、私に今からでも、ルイノを守れ、と？」

「あなたがその道を選ぶと言うのなら、僕は騎士としてその道を支援することを約束しよう」

僕ははっきりとそう答える。それが唯一、僕をかつて友と呼んだ男にしてやれることだからだ。

しばしの静寂のあと、リグルスは呟《つぶや》くように話し始める。

「今更……そういう選択肢もあるわけかい？　そんなこと、考えもしなかったねぇ」

「なら――」

「だが、そうはならないよ。君がどうして、私達に肩入れしようとするのかは分からない。君のような子供と、私達は面識がないはずだ。だが、その点については言った通り……言及する気もない。私は剣客衆で、君は騎士なんだ。それもまた変わらない事実であり、私はもう——決めているんだ」

「勝てないと分かっていて、その道を選ぶのか」

「それが剣客衆、なのさ。それにね……ルイノはまだ生きている。君を殺し、あそこにいるイリスも殺して、私が再びルイノの道を開こうじゃないか。そのためなら、勝てない戦いだろうと、私は勝つとも」

すでにこの世にいない男——アディルと同じ考えだ。それが剣客衆であり、たとえ勝てないと分かったとしても、戦う道しか選べない者達。

腰に下げた刀に手を添え、臨戦態勢に入るリグルス。

「そうか。なら、もう問答の必要はないね。リグルス・トムラ——いや、リグルス・ハーヴェイ。僕はあなたを排除すべき敵と見なした。騎士として、あなたを葬ろう」

すでにどこまでも道を踏み外してしまった男に対して、僕がしてやれることは、それくらいしかなかった。

——灯台の上は、潮風が心地よく感じられる場所だ。

時折、強めに吹く風はよい潮の香りを運んでくれる。

……だが、今はそれを楽しむよう

な状況にはない。

僕は《碧甲剣《へきこうけん》》を抜き放ち、対面するリグルスも抜く。

青白い刀身が、太陽に照らし出される。地面と平行になるように構えると、リグルスはピタリと動きを止めた。

僕は剣の柄《つか》を強く握り締め、構える。

波の音が、耳に届く。ザァ、ザァと何度か波打ったところで――リグルスが動いた。

一歩大きく前に踏み出し、刃《やいば》を滑らせるように振るう。

僕も、それに応えるように刃を振るった。

一撃目。刃と刃はぶつかり合い、互いの一撃を相殺する。

二撃目。僕の方がわずかに早く一振りを繰り出し、リグルスがそれをギリギリで防ぐ。

リグルスはさらに刃を傾けて滑らせ、弾《はじ》いた。

わずかに僕の体勢が崩れると、そこから隙を衝《つ》くように連撃。

リグルスの放つ刃はいずれも速く、そして確実に僕の命を狙おうとするものだ。

僕は後方に下がりながら、それを受け切る。

リグルスの刀を完全に押さえ込み、互いに動きを止めた。

「魔法は使わないのか？」

「ルイノと同じだよ、私は。魔力を使うことはあるけれど、そういうのは得意じゃないんだ。純粋な剣技——私が手に入れたものはそれだけだよ。君こそ、剣技だけでなく魔法を使えばいい」

「いや、僕も本来の性分は剣士なものでね。あなたが小手先の技を使わないと言うのなら、僕もそうしよう」

存在するのは、ただ剣を振るい、磨き続けてきた技のみ。

そこに魔法など介入する余地はなく、互いの信念をかけた戦いを、リグルスは望んでいる。

それならば、僕も応えなければならない。

かつて《剣聖》と呼ばれた男が、望んだことと同じように。

《剣戦領域《けんせんりょういき》》——《銀霊剣《ぎんれいけん》》を使わずして、肉体と剣技のみで戦う場所が、そこに完成する。

「ふっ」

リグルスが息を吐き、僕の剣を弾く。

そうして、距離を取った。

今度は僕から動く。距離を詰め、剣を振り下ろす。

リグルスがそれを受けた瞬間——僕の攻勢が始まった。

「……ッ」

放ったのは、単純に速い剣撃。一撃一撃の威力は弱いが、それでも掠《かす》めただけで肉を斬り、深く入れば骨まで断つ。

ギリギリのところで、リグルスがそれを受けていた。

——彼が、復讐で得たのは、僕の剣技を受けることができるレベルの実力。……ただ、それだけだ。

「ハッ！」

リグルスが強く剣を弾き、後方へと下がる。そこは灯台の屋上の際《きわ》。

「……なるほどねぇ。これが、アディル君達を葬り去った剣技、か。ゼナス君は私なら勝てるんじゃないかって言ってくれたけれど……いやはや、そういう次元ではないのかもしれないね」

「それがあなたの選んだ道だ」

僕はもう、『今からでも降伏するか』などと聞くつもりはない。

彼がその道を選ぶはずのないことは、分かり切っているからだ。

ふぅ、と大きく息を吐き、リグルスは刀を構える。

それは、先ほどまでの構えとは違う。身を低く屈《かが》め——まるで先ほどのルイノのように、獣じみた構えを取る。

そして、その構えを戦場で見たことがあった。

《刀獣》――ソウキ・トムラ。かつて僕を友と呼んだ男の、息子と孫娘は……同じ構えを取る。

(ソウキ……君の技は、確かに受け継がれているようだ。だが、その心は――彼には引き継がれなかったようだね)

僕もまた剣を強く握り、構え直す。柄を両手で持ち、左足を前に出した。刃は斜めに地面に向けて、腕は脱力する。

「このまま戦っても、万に一つも……私に勝ち目はないようだ。だから、私も一刀に全てを懸けることにしよう。この一撃が――君を殺す」

「ああ、来い」

リグルスが足に力を込める。両足をバネにして、横に跳躍した。

僕の方向に一瞬で距離を詰めて、刃を水平に走らせる。

僕は一歩前に出て、剣を振り上げる。

キィン――周囲に鳴り響いたのは、剣の折れた音。

ただ一刀。リグルスは勢いのままに僕の後方へと動く。

ルイノであれば、さらに魔力の壁を作り出し、追撃を加えてくるのかもしれない。

だが、たとえ同じ技を使ったとしても――もう、その時が来ることはない。

「……」

僕は《碧甲剣《へきこうけん》》の刀身に目をやる。

中心から刃先にかけてヒビが入り、先端は折れて欠けていた。

「ふ、はははははっ！　いやぁ、これが……私の集大成というわけか」

リグルスが高笑する。

僕は振り返り、視線を向けた。

リグルスはまだ、僕の方を向いていない。震える手で――『へし折れた刀』の柄を握り締めていた。

鮮血は止めどなく流れ出て、リグルスという男が死に向かっていることは容易に理解できる。

僕の一撃が、彼の一撃を凌駕《りようが》したからだ。

だが、この状況でもリグルスは本当に楽しそうに話す。

「剣を、折ることができた。これは、とても素晴らしいことだねぇ。私が……この私が！　アディル君を含めた猛者を打ち倒した男の！　剣を、折ることができたんだ……ッ」

「確かに、あなたは僕の剣を折った」

それで満足か――そんな問いかけを、するつもりはない。

復讐《ふくしゆう》の心によって手に入れた力の果て……その気持ちが分かるのは、きっとリグルスだけだ。

ただ、僕が死にゆく彼に聞きたいことは一つ。

「ルイノに――あなたの娘に、何か言っておきたいことはあるか？」

「ルイノ、に？　ルイノに……か。そうだねぇ……」

リグルスが物思いに耽《ふけ》るように空を見上げる。

それからしばしの沈黙のあと、

「最後の一撃。あれはとても、綺麗《きれい》、だ――」

ズシャリと、その場に倒れ伏す。

戦いは静かに、終わりを告げた。リグルスは死に、この場に残ったのは僕一人だ。

「すまないね。ソウキ……君の家族の一人は、僕が殺した。けれど、もう一人は――」

「先生っ！」

「！　イリスさん？」

声の方向を向くと、イリスが梯子《はしご》を上ってくるのが視界に入る。

イリスは僕の姿を見るなり、安堵《あんど》の表情を見せた。

「無事で、よかったです――」

「っ!?」

梯子から手を離し、ぐらりとイリスがバランスを崩す。

僕はすぐに、イリスの下へと駆け出した。

落下する寸前、滑り込むような形で彼女の手を摑《つか》む。

「……本当にギリギリのところだった。

……ごめんなさい。安心したら、力が抜けてしまって……。先生の剣の、折れた刀身が見えたので」

どうやら、折られた碧甲剣《へきこうけん》の剣先を目にしてやってきたようだ。

先ほどのイリスの戦いを、僕は最後まで見守っていた。それこそ、ここまでやってくる体力すらも、彼女には残っていなかったはずだ。

「……心配なのは分かりますけどね。僕としては、今日一番に焦りましたよ」

「……ほ、本当にごめんなさい」

「一先《ひとま》ず、引き上げますよ！」

僕は力を込めて、イリスを灯台の上まで引き上げる。イリスはすぐにへたり込むような格好になる。

ここに来るまでに、本当に力を使い切ってしまったようだ。

「ありがとう、ございます……」

「全く……下で待っていてくださいよ。すぐに行きますから」

「先生が負けるとは、思っていませんでした。でも、気付いたらここまで来ていて……」

「君らしいといえば君らしいですね。けれど君が言う通り、僕が負けることはありません。

約束ですからね」

『王国最強』を名乗ると、僕はイリスに約束した。

僕が騎士である限り、敗北はその約束を反故《ほご》にすることになる。

――イリスが最強になるまでは、僕は最強でい続ける。

「君の戦いは、ここから見させてもらいました。随分と無茶をしたようですね？」

「……私にできる精一杯のこと、でした。それと、勝手に動いてごめんなさい」

「君は、先ほどから謝ってばかりですね」

「あ、その――っ！」

俯《うつむ》いたイリスの頭に、そっと手を置く。

彼女は今日、よく頑張った。それは、僕も理解していることだ。

「謝る必要なんてないですよ。君はよく頑張ってくれましたから」

「あ、あの……？　子供扱いはあまり……」

「苦手ですか？　僕としては、褒める時は分かりやすくを基本にしたかったのですが」

頭を撫《な》でられて喜ぶほど、イリスは幼くないか。

すぐに手を離そうとすると、イリスが僕の手を握り、再び自分の頭の上に置く。

「えっと、少しだけ……してほしいです」

やや伏し目がちに、イリスが言う。

僕は微笑《ほほえ》むようにして頷《うなず》いた。

「はい。君は、本当によくやってくれましたからね。おかげで、今回は随分と楽をさせてもらいました」

「守りたい気持ちは本当なんですけど……先生、私の護衛ですよね？」

「あはは、そうなんですけどね。今回は、剣の師匠としての立場を優先しました」

「言い方がずるいですっ。でも、おかげで少し、夢に近付けた気がします」

イリスが笑みを浮かべて言う。

一先ず、戦いはこれで終わり――というわけにもいかない。

『トムラ』の件もまだルイノという問題も残っているし、剣客衆も二人残っているはずだ。

それでも今は――イリスの成長を、純粋に喜ぶことにしよう。

＊＊＊

灯台の上でしばし休憩をした後、僕とイリスは灯台から下りた。

そこで待機していたレミィルと合流する。

「まずはよくやってくれた。さすが、私の信頼する騎士だ」

「今回、僕が倒したのは一人だけですよ。ほとんどイリスさんのおかげです」

「わ、私はそんな……」

僕の言葉を聞いて、少し恥ずかしそうに頬を染めるイリス。やはり、褒められることには慣れていないのかもしれない。

そんなイリスの前に、レミィルが立つ。

「インフェル嬢。今回、あなたに助けられたのは事実かもしれません。ですが、身の危険を顧みない行動は慎んでいただかなければ。結果的には無事でしたが、あなたはまだ学生の身です。そして、《王》の候補の一人でもあられる」

「それは……すみません」

レミィルの言葉に、イリスは反論するような素振りを見せたが、素直に謝罪する。

確かに、イリスの行動が危険が伴うものだったのは事実だった。

僕が彼女を褒めるのは、あくまで師匠としての立場だからだ。

イリスの危険な行動を、咎《とが》める人間も必要だろう。

レミィルはその役目を買って出た、というところか。

灯台近辺は僕が引き受け、他の騎士団のメンバーは別のところに配備されていた。

《剣客衆》が二人残っている以上、どうしても偏った構成にならざるを得ない。

対応できる人間が、僕を除けばレミィルくらいしかいないのだから。

少し落ち込んだ表情を見せたイリス。

レミィルが小さく息を吐くと、笑みを浮かべて彼女を抱き寄せる。

「けれど、あなたが無事でよかった……」

「あ……えっと、ありがとう、ございます」

イリスが少し、驚いた表情を見せる。

レミィルは心底、イリスのことを心配しているようだった。

……イリスの父である、ガルロ・ラインフェルはレミィルの上官でもあった。

レミィルもまた、イリスのことを心配している者の一人なのだ。

「団長、ルイノは？」

「まだ目を覚ましていない。一先ず拘束して王都へと連行する予定だ。今回の任務は、これで完了だよ」

「……？　まだ剣客衆は二人残っているはずですが」

「ああ、その件だが――」

「イリスっ」

僕がレミィルから話を聞いていると、少し離れたところから声が届く。

やってきたのはアリアだ。

「アリア――わっ⁉」

イリスの懐に飛び込むように、アリアが突っ込んでいく。

イリスはバランスを崩して倒れそうになるが、すでに踏ん張る力は回復しているようだった。

飛び込んできたアリアを抱き寄せると、そのまま優しく頭を撫でる。

「ごめんね。心配かけて」

「……本当だよ。でも、イリスと先生のことは、信じてるから」

イリスの胸元に顔をうずめて、アリアは言う。

僕は灯台の上から、二人の様子を確認していた。

アリアはアリアで、クラスメートのミネイ・ロットーを守るために尽力してくれていたのだ。

彼女にも感謝しなければならない。

「ロットーさんは？」

「まだ宿で休んでるよ。怪我《けが》はなかった」

「そう、一先ず安心ね」

「イリスは怪我してる」

「私は、大丈夫よ。ちょっと――いえ、かなり疲れたけれど」

「帰ったらマッサージしてあげる」

「本当？　ありがとうね」

「ラインフェル嬢、まずは救護班に怪我の状態を見てもらってください。アリアちゃん、ラインフェル嬢のことを頼むよ」

「うん。イリス、行こう？」

「ええ、分かったわ。先生、後で状況について確認させてください」

「はい、分かりました。今は、怪我の治療に専念してください」

アリアに付き添われ、イリスは救護班の下へと向かう。

まだ、剣客衆が二人残っているということが、イリスも分かっているのだろう。

本当は、この場で話を聞くつもりだったのかもしれない。

改めて、その場に残ったレミィルとの話を続ける。

「先ほどの続きですが、任務完了というのは？」

「ああ。先ほど、別の騎士団から連絡が入った」

「……別の騎士団？」

「元々、《黒狼《こくろう》騎士団》――もとい、君がこの町を担当したのは、剣客衆が君を狙っているのと同時に、ここにも剣客衆がいた、という情報を伴ってのことだ。だが、最初に話した通り、他の騎士団も剣客衆に対応するため動いていた。残りの二名は、先ほど別の騎士に討たれたそうだ」

「！　そうなんですね」

僕はそれを聞いて、少し驚く。どうやら、この町にやってきた剣客衆は三人だけだったようだ。

故に、僕がリグルスを討った時点で剣客衆は全滅した、ということになる。

王国にも、まだ剣客衆に対抗できる者がいたということか。

「それならば、これで任務は完了――そういうことになりますね」

「ああ、これで君を狙う者はいなくなった。まずはご苦労だった、というところかな」

「では、今回の任務の給料の追加分については後ほど計算していただければと」

「……追加というど、君が戦ったのは剣客衆一人だから、その分だけでいいのかな？」

「あはは、そう言われるとそうですね。では……今回はイリスさんが頑張ったということで。彼女に何かプレゼントでも贈ってあげてください」

「そうだな。私が選ぶと酒になるが」

「飲めない物はやめてくださいね？」

――そんなやり取りをして、僕の任務は終わりを迎えた。

剣客衆はこれで全て倒れ、組織は壊滅した。

王国としても、僕が単独で倒したわけではないため、その『力』を示したことになるだろう。

これできっと、平和な日々が戻ってくるはずだ。

エピローグ

数日が経過した頃、僕は騎士団が管理する病院の一室を訪れる。

決して広くはない個室の中。窓の外を見つめる少女——ルイノがいた。

ちらりと、彼女は僕の方に視線を向ける。

「……何か用？」

随分と、素っ気ない態度であった。

僕は苦笑いを浮かべながら、ベッドの近くにある椅子に腰掛ける。

「容態を確認しに来たんだけどね」

「見ての通り、もう元気だよ。にひっ、もしかして……心配してきたの？　あたし達《たち》ってまだ遊びで斬り合ったくらいなのに」

「どうだろうね。前みたいにすぐ襲いかかってくるようなら、元気だと分かるけれど」

「……今は刀もないし。それに、あなたと戦う前に、倒さないといけない人がいるから」

不服そうな表情を浮かべながらも、ルイノはそう口にする。『倒さないといけない人』

——それは、イリスのことだろう。

言葉をそのまま受け取れば、ルイノはまだ好戦的なようにも思えるが……態度を見ると随分としおらしい。

イリスに敗北し、『生かされた』という事実を、改めて理解したのかもしれない。

戦いの後の敗者には『死』しかない。そんな生活を続けてきたのだろう。

負けるのも生き延びるのも、修羅の道を歩み始めたルイノにとっては、初めての経験なのだ。戸惑う気持ちも理解できる。

「イリスさんは、強かっただろう？」

「……にひっ、甘い考えの人間だと思ってたけどね。まあ、少なくともあたしが負けたのは事実だよ」

「甘くなんかないさ。誰も彼も守りたい――口でいうのは容易《たやす》いが、それを本当に実行するとなれば、誰よりも強くなければならない。それをイリスさんはしようとしているんだ。本気でしようとしているからこそ、彼女は強くなる」

「どんなに強くたって、みんなを救うことなんてできないよ」

「――そうかもしれないね。けれど、全てを諦めてしまうのと、諦めないのではまるで違うんだよ。少なくとも、イリスさんは諦めたりしない」

迷いはする――けれど、諦めたイリスを、僕は見たことがない。

それこそが、本当の意味での彼女の強さなのかもしれない。

「……そんなこと、あたしに言われても分かんないよ。それに――あたしは別に、諦めたわけじゃない」

ルイノはそう言って、鋭い目つきで僕の方を見た。

先ほどとは違って、今度は殺意に近いものすら感じる。

「だろうね。だからこそ、君は強くなるために戦っている。今もそうだろう？　ただ、これからは少しやり方を変えるんだね」

「……やり方？」

「君はしばらく……《黒狼騎士団》の観察処分となる。君は《剣客衆》を二人打ち倒したという実績はあるけれど、イリスさんと派手にやり合ってしまったからね。イリスさんは、そんな処分を望んでいたわけじゃないけれど、こればかりは仕方ない」

本来であればイリスや僕を狙ったとして投獄されるべき立場にある。

実際、病院を出てもしばらくは拘束されることになるだろう。

けれど、彼女が剣客衆を倒すために騎士団に協力したことも、事実なのだ。

「観察処分、ね。にひっ、本当に、あたしを殺す気はないんだ」

「これは、イリスさんが得た勝利の結果だからね」

「……ちなみに、あなたと戦っていたらどうなったの？　あなたも、あたしを殺さなかった？」

ルイノが笑みを浮かべて、確かめるように聞いてきた。

僕は——彼女がソウキの孫娘であることは分かっている。それを分かった上で、

「必要であればそうするよ。僕は、そういうことができる人間なんでね」

はっきりとそう答えた。

「……にひっ、二人揃《そろ》って同じこと言うんだ。でも、あなたの方は本当に殺しそうだね」

わずかに空気が張り詰める。すぐにでも戦いが始まるような雰囲気であったが、ルイノが身を投げ出すようにベッドに横になる。

「いいよ。どのみち、あたしは負けた人間だから……今は従ってあげる」

「そうしてもらえると助かるよ。さて、僕はそろそろ行くけれど、最後に一つだけ。とある人物から伝言がある」

「……伝言？」

「ああ、剣客衆の一人、リグルス・ハーヴェイからだ。『最後の一撃は、とても綺麗《きれい》だった』——それが伝言だよ」

「……ふぅん。剣客衆があたしに？　にひっ、どうでもいいね」

ルイノは視線を逸《そ》らし、興味なさげに呟《つぶや》く。

リグルス・ハーヴェイが誰なのか、ルイノは知らないだろう。

その事実も、僕から伝えることはしない。

ただそれでも――その言葉を聞いたルイノの表情は、少しだけ嬉《うれ》しそうに見えた。

（褒められると、誰でも嬉しいものなのかな。それとも――）

ルイノの表情の真意は、僕には分からない。

僕は病室を出て、帰路につく。ルイノについてはまだまだこれからだろう。

けれど、少なくとも僕は、彼女をこれからも見守っていくつもりだ。

それが、僕を友人と呼んだ男に対して、本当の意味でしてやれることだから。

（……ああ、そうか――）

僕はそこで、ようやく一つのことを理解する。

ラウル・イザルフもまた、彼のことを友人だと思っていたのだ、と。そうでなければ、こんな面倒なことはしない。

（友達がいた経験なんてほとんどないから、気付くのに遅れたかな？）

自嘲気味にそんなことを考えながら、僕は病院を後にした。

＊＊＊

平穏な日々というのは、これほどまでによいものなのかと、僕は改めて実感した。

ここ数日はレミィルからの呼び出しもなく、学園での講師の業務がメインとなりつつある。

命を狙われる経験は久しぶりであったが……やはりこうしてなんの心配事もなく過ごせるのが一番だろう。

――まあ、心配事がないわけではないのだけれど、それは今考えることではない。

授業も終わったことだし、今日は仕事を早めに片付けて部屋に戻ろう……そう思っていると、廊下を曲がったところで――三人の少女が話しているのに出くわした。

「あ、シュヴァイツ先生」

「イリスさんにアリアさん――それに、ミネイさん？」

「アルタ君、お疲れ！」

ミネイの軽い挨拶を受けて、僕は苦笑いをしながら返す。

「ミネイさん、先生ですよ」

「そうよ、ロットーさん。シュヴァイツ先生には敬意を払わないと」

「イリス様がそう言うなら……」

「『様』は付けなくてもいいわ」

「あ、そうだった。えっと、イリス――や、やっぱり呼び捨ては難しいよぉ！」

そんなやり取りをしながらも、イリスとミネイはどことなく仲良さげだ。

以前は、ミネイが畏れ多いといった様子で引き下がっているようにも見えたが。

どういうことなのだろう。

「イリスがミネイを助けたのがキッカケ。そこから、イリスもこの子と話す機会ができた」

「……なるほど」

耳打ちするようにアリアから教えられて、理解する。

イリスがミネイを助けた――どうやら、あの時のことで、クラスメートとの距離を縮めることができたらしい。

ひょっとしたら、逆に距離が開いてしまうのではないかと思っていたが。

「ミネイは、イリスと先生の間に『何か』あるんじゃないかって思ってたらしいよ？」

「……何か？　何かとは――」

「さっきから、アリアと先生は何を話しているの？」

「！」

不意に声をかけられ、アリアが小さく反応する。

サッと僕から離れ、意味ありげな様相を見せた。……わざとやっているのだろうか。そう思うこともあるが、

「内緒話してた」

次のアリアの一言で確信に変わる。――アリアはわざとやっている。

「そ、そう。私の前で内緒話、ね。先生と……」

ちらりと、イリスが僕の方を見た。別に、内緒にするような話などしていないのだけれど。

「先生、アリアと何を話していらっしゃったんですか？」

「大層な話ではありませんよ。ただ――」

「先生、言っちゃダメ」

しかし、答えようとした僕を、アリアが制する。

わざわざ止めるのは、イリスをからかうつもりなのだろう。

イリスが眉をひそめて、アリアの方を見た。

「何？　隠すようなことなの？」

「イリスのために隠してる」

「私のため……？　私に隠さないといけないことなんてないでしょう！」

イリスがアリアに詰め寄る。

そんな様子を見て、ミネイもイリスを宥《なだ》めようとする。

「ま、まああ。内緒話の一つや二つはありますって！」

「それはそうだけど……」

「ヤキモチ？」

「！　べ、別にそんなのじゃないわ。ただ、隠されるのは好きではないだけ」

アリアの言葉に、露骨な反応を示すイリス。

そうして、再び僕の方を見た。

イリスに対しては――僕が狙われていることを隠そうとした。

そのことを、まだ気にしているのかもしれない。

「いや、本当に隠すような話はしてないですよ。アリアさんも、意味ありげなことは言わないように」

「うん。ちょっとイリスをからかっただけ」

「もう……そういうことはやめてよ」

「でも、私からするとイリス様――さんと、先生の関係の方が気になる！　だって、海辺でも二人とも姿が見えなくなってたし」

「！　そ、それは……」

イリスがわずかに動揺を見せる。

だが、すぐにこほんと咳払《せきばら》いをして、イリスはミネイの言葉に答える。

「私と先生の関係なんて――」

「泳げないイリスに、アルタ先生が泳ぎを教えてただけだよね」

「へ？　泳げない……？」

「なっ!?　ア、アリアっ！　また余計なこと――ってこら！　逃がさないわよ！」

颯爽《さっそう》と逃げ出すアリアを、イリスが追いかけていく。

ミネイも慌てて、二人を追いかけていった。

……どうやら、イリスとアリアも、少しはクラスメートと関係を持つ気になったようだ。

僕らの関係を変に探られないようにする意味もあるのかもしれないが、それでも進歩の一つだと言えるだろう。

ただ、

「廊下は走らないようにしてくださいね。僕が怒られるので」

すでに走り去った人達《たち》に言ったところで無意味かもしれないが、講師らしい態度は取っておこうと思う。

しばらくは、のんびりした日々を満喫させてもらおう――そんな決意を、僕は固めたのだった。

＊＊＊

放課後になって、僕はいつものようにイリスの剣の修行に付き合う。

イリスと向き合って、僕は模擬剣を構えた。

「さて——君は僕から見ても、大きく成長したと言えます。なので、この前海辺で打ち合ったように、今日からは僕も本気で打ち合うことにしましょう」

「はい、よろしくお願いしますっ」

イリスが笑みを浮かべて、模擬剣を構える。

今の彼女が握っているのは細剣ではなく、直剣を模した剣だ。——それが、紫電《しでん》にもっとも近い形状のものだからだろう。

少し離れたところで、アリアが木にもたれ掛かりながら、僕とイリスの試合を見学している。

「イリスが負けても仇《かたき》は取ってあげるからね」

「……どうして負けることが前提なのかしら？」

アリアは煽《あお》るつもりで言ったのだろう。それに対して、イリスが少し眉を顰《ひそ》めながら、答える。そんなイリスの言葉に答えるのは、僕だ。

「面白いですね。君もいよいよ、僕に勝てると考えるようになりましたか」

「っ！　あ、いえ！　今のはそういう意味で言ったのではなく……！」

「いえいえ、気持ちは大事ですよ。君は僕にはまだ勝てないと思っている。けれど、君はすでに剣士としては抜きん出た実力を持っているんですから。僕に勝てると考えても、おかしい話ではありません」

「シュヴァイツ先生……」

認められたと思ったのか、イリスが少し顔を綻ばせる。だが、僕はそんなつもりで言ったわけではない。——今のアリアとの会話を聞いて、考えた。

イリスはもしかすると、少し煽った方がやる気が出るのかもしれない、と。

「ですが、君が僕に勝とうだなんて……そうですね。まだ十年は早いんじゃないでしょうか。僕はまだ、君から一撃も受けたことがないんですからね」

「！　そ、それはそうですが……わ、私だって成長はしています。今打ち合えば、一太刀くらいは浴びせられると、思っています」

「いいですね。では、僕と本気で打ち合って、君が僕に一太刀でも浴びせれば君の勝ちです。逆に一太刀も浴びせられなければ……その時は、『なんでもする』というのはどうですか？」

「せ、先生……それは……」

以前に自分で言ったことを思い出したのか、イリスが少し動揺した表情を見せた。

他方、近くで見ているだけのアリアも少し反応を見せる。

「負けたら罰ゲーム——それ、わたしとイリスが海でやってたやつだね。先生とやるのは面白そう」

「け、稽古に面白さなんて必要ないでしょうっ」

「そんなことはないと思いますよ。絶対に負けられない戦いだってあるんですから――それとも、やはりまだ僕に一太刀浴びせる自信は、ありませんか？」

「……っ、いえ――やります。今の私なら、先生と打ち合うことは、できると思っています」

イリスのはっきりとした答えに、僕は笑顔で頷《うなず》いた。

剣術だけでなく、精神面でもイリスは成長を遂げている。

復讐《ふくしゅう》の心を乗り越えて、親友を守るために限界を超えて、僕を守るために戦い、殺さずにルイノを倒した――僕の想像以上にイリスは強くなっていて、きっと彼女が僕に代わって『王国最強の騎士』を名乗る日は、そう遠くないだろう。

そうなった時に、僕は果たしてまだ騎士でいるだろうか。

それとも、騎士を辞めて――どこか辺境の地にでも、身を潜めるべきなのだろうか。

まだ決め兼ねていることだけれど、イリスが成長すれば、きっと僕がこの国にいなくても大丈夫――そう、確信させてくれる『何か』が、彼女には十分にあるのだ。

《剣聖》の記憶を持って生まれ変わった僕が、《剣聖姫《けんせいき》》の彼女の護衛となり、剣の師匠となったことに意味があるとすれば、その名が明確に彼女に引き継がれることなのかもしれない。

ただ剣聖と違うのは、イリスは人のために戦い、その信念を貫いているということだ。

そういう意味では、すでに彼女は僕を超えているのかもしれない……そう、最近は思えるようになったのだ。それでも──

「では、始めましょうか」

「はい、先生。イリス・ラインフェル──参ります」

僕の言葉に、イリスが深呼吸と共に駆け出す。

彼女の剣を受け止めて、視線が合わさった。

「君の『全力』を見せてください。僕に勝てるまでは、僕は君の師匠でい続けますから」

「……はいっ！」

イリスの師でいることは、きっとこれからも変わらない。

僕と彼女の『剣の道』は、まだ続いていくのだから。

あとがき

こんにちは、笹塔五郎《ささとうごろう》です。

まずは三巻まで出すことができたこと、すごく嬉《うれ》しく思っております。

巻数が進むにつれて、主人公のアルタよりもヒロインのイリスの方が戦闘回数は増えている気がしますね。

というか、実際に増えているのかもしれません。

それと、表紙は今回もイリスが飾っているので皆勤賞です！

この物語、主人公が完成した強さを持っているので、強さの面ではやはりイリスの成長物語みたいなところが大きいかと思います。

アルタに限らず、イリスも最初から割と強めのキャラで書いたつもりなんですが、敵も強いのでいつも怪我《けが》をしている気はしますが！

それから、今回の表紙を飾っているのはもう一人、ルイノという少女です。

和風刀使いということで、とても雰囲気のあるイラストと共に、戦うのが好きな女の子として登場しております。

ルイノのイメージ的には、違った方向に進んだイリス……みたいなところもあるので、その点も踏まえてまた読んでいただいたりすると面白いかもしれません！

あとは純粋に戦うのが好きな女の子が好き、という作者の趣味でした。

では、この辺りで謝辞を述べさせていただきたく。

イラストを担当いただきました『あれっくす』様。

今回も可愛《かわい》らしいイラスト、それにかっこいいイラストをありがとうございます。ルイノのデザインがとても好きです！

担当編集者のY様、本作を担当いただきましてありがとうございます。三巻まで出せたのもY様のおかげです……！

関係者様も含めましてこの場にてお礼を申し上げます。

この本を取ってくださいました皆様にもお礼を申し上げます。

三巻は私自身初の経験でしたので、とても充実したものでした。

またお会いできますと嬉しいです！

作品のご感想、
ファンレターをお待ちしています

あて先

〒141-0031
東京都品川区西五反田 7-9-5 SGテラス 5階
オーバーラップ文庫編集部
「笹 塔五郎」先生係／「あれっくす」先生係

生まれ変わった《剣聖》は楽をしたい 3
～《剣客少女》と死闘の果て～

発　行　2020年9月25日　初版第一刷発行

著　者　笹 塔五郎
発行者　永田勝治
発行所　株式会社オーバーラップ
〒141-0031　東京都品川区西五反田 7-9-5
校正・DTP　株式会社鷗来堂
印刷・製本　大日本印刷株式会社

Printed in Japan　ISBN 978-4-86554-737-5 C0193

オーバーラップ文庫
暗殺者である
俺のステータスが
勇者よりも
明らかに強いのだが
[暗殺者《モブキャラ》で世界最強！]
ある日突然クラスメイトとともに異世界に召喚された存在感の薄い高校生・織田晶。召喚によりクラス全員にチート能力が付与される中、晶はクラスメイトの勇者をも凌駕するステータスを誇る暗殺者の力を得る。しかし、そのスキルで国王の陰謀を暴き、冤罪をかけられた晶は、前人未到の迷宮深層に逃げ込むことに。そこで出会ったエルフの神子アメリアと、晶は最強へと駆け上がる――。
著 赤井まつり イラスト 東西
シリーズ好評発売中!!

オーバーラップ文庫
ハズレ枠の【状態異常スキル】で
最強になった俺がすべてを蹂躙するまで
［手にしたのは、絶望と――
最強に至る力］
クラスメイトとともに異世界へと召喚された三《み》森《もり》灯《とう》河《か》。E級勇者であり、「ハズレ」と称される【状態異常スキル】しか発現しなかった灯河は、女神・ヴィシスによって廃棄されることに。絶望の奈落に沈みつつも復讐を誓う彼は、たったひとりで生きていくことを心に決める。そして魔物を蹂躙し続けるうち、いつしか彼は最強へと至る道を歩み始める――。
著 篠崎 芳　イラスト KWKM
シリーズ好評発売中!!

オーバーラップ文庫
ひとりぼっちの異世界攻略
チートに頼らず、チートを超えろ――
［“最強”にチートはいらない］
高校生活を“ぼっち”で過ごす遥《はるか》は、クラスメイトとともに異世界へ召喚される。気がつくと神様の前にいた遥は、数々のチート能力が並ぶリストからスキルを選べと告げられるが――スキル選びは早い者勝ち。チートスキルはクラスメイトに取り尽くされていて……!?
著 五示正司 イラスト 榎丸さく
シリーズ好評発売中!!